DIEB DES BLAUEN DRACHEN

MISTY MALLOY

Übersetzt von

NATHALIE HOPPER

Herausgeberin

YANINA HEUER

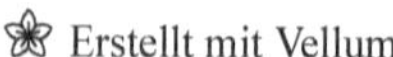 Erstellt mit Vellum

JUNGFRAU
und der
VAMPIR
USA TODAY BESTSELLER-AUTORIN
LEE SAVINO
RENEE ROSE

KAPITEL EINS

„Ich danke euch allen, dass ihr am heutigen Freudentraining teilgenommen habt."

T'Pring strahlt uns von ihrem Platz auf dem üppigen, mit Weinreben bewachsenen Podest aus an. Alle Menschenfrauen – mich eingeschlossen – knien auf plüschigen, mehrfarbigen Kissen um sie herum.

Ich bin nicht wirklich reinrassig menschlich, aber das braucht hier niemand zu wissen.

T'Pring sieht hinreißend aus wie immer. Sie ist halb nackt, trägt nur ein durchsichtiges Gewand und einen knappen schwarzen Tanga, der viel cremefarbene Haut zeigt und für Fantasie wenig Raum lässt. Ihr langes rotes Haar bedeckt ihre Nippel und sie hält ihre vier Arme anmutig an den Seiten.

Unsere Sextrainerin ist eine varghalische Schönheit und sie weiß es, ebenso wie ihre beiden bulligen xantharianischen Assistenten, die sie flankieren. Die großen blauen Drachen-wandler sind nur mit Lendenschurz bekleidet – mehr Stoff brauchen sie eigentlich nicht, da sie am Ende jeder Lustsitzung sowieso nackt sind. Sie beäugen sie hungrig und riesige Spaßpakete regen sich unter ihrem spärlichen Gewand.

„Heute übt ihr, eure zukünftigen xantharianischen Gefährten mit Mund und Zunge zu erfreuen", sagt T'Pring mit leuchtenden Augen. „Crexar, … Kaan. … bringt bitte die Übungsinstrumente herein."

Die Drachenkrieger machen sich in ihrer menschlichen Form auf T'Prings Geheiß auf den Weg, während ich Mira mit dem Ellbogen anstupse.

„Mmh … Das klingt lustig", flüstere ich und schicke ihr ein böses Grinsen. Bisher wurden wir nur gebeten, unsere langweiligen Sexualtrainingshandbücher zu lesen und T'Pring und ihren Assistenten dabei zuzusehen, wie sie zur Sache kamen. „Stimmts?"

Aber meine blonde Freundin ist in Gedanken eine Million Lichtjahre entfernt und starrt auf einen der vielen Lichtschächte in der Decke, die weiches Licht auf die üppigen, begrünten Pflanzenwände des Raumes strahlen lassen.

„Oh. Richtig", sagt Mira und bringt ein verhaltenes Lächeln zustande. Sie ist nicht der größte Fan des Freudentrainings und ich erkenne, dass sie überall lieber sein möchte als hier. Aber sie hat bereits einen Zuchtvertrag mit den Xantharianern angenommen und ich auch, und das bedeutet jeden Morgen eine Lektion in Sachen Sex mit T'Pring.

„Was meinst du, was sie uns jetzt beibringen?" Ich zwinkere ihr zu und versuche, sie aufzumuntern, aber sie geht nicht darauf ein. Stattdessen zuckt sie einfach nur mit den Schultern und legt ihre Hände in den Schoß.

Ich kann Mira keinen Vorwurf machen – sie will die sexy außerirdischen Krieger nicht, wie die meisten anderen Menschenfrauen hier. Nachdem das tödliche Virus alle Xantharianer-Weibchen getötet hatte – und die Menschen sich als die beste genetische Wahl zur Fortpflanzung erwiesen hatten –, rissen sich die Menschenfrauen in Kolonien quer durch den Kosmos darum, sich ihren eigenen blauen Krieger zu angeln.

Ich hingegen interessiere mich auch nicht für blaue Schwänze. Ich habe einen Job auf Xanthara zu erledigen. Eine Mission. Und wenn ich sie erfüllt habe und frei bin – endlich *frei* –, dann verschwinde ich von hier.

Bereit, ein neues Leben für mich selbst zu beginnen. Bereit, die unsichtbaren Ketten abzulegen, die ich schon so lange trage, wie ich denken kann.

Freiheit.

Das Wort fühlt sich gut an, wie ich es so lautlos über meine Zunge gleiten lasse. Ich beiße mir auf die Unterlippe und T'Pring lächelt mich an – zweifellos denkt sie, dass ich mich auf das Blowjob-Spielchen freue, das sich sicher jeden Moment ereignen wird.

Keinen blauen Schwanz für mich, danke, aber ich tue gerne so, als ob. Vorerst.

Ich erwidere ihr Lächeln, als die beiden Assistenten eine Art kleine Gefriertruhe auf das Podest tragen. Ein frostiger Nebel wirbelt um den Behälter. T'Pring öffnet den Deckel, wodurch weitere Nebelschwaden freigesetzt werden, und greift hinein, um ein langes phallisches Objekt daraus hervorzuholen.

Es ist ein Wassereis in der Form eines Schwanzes. Ein blaues Penis-Eis.

Der Eis-Schwanz ist gigantisch und eine naturgetreue Abbildung eines xantharianischen Exemplars, soweit ich das bei Crexar und Kaan gesehen habe – und ich habe hier schon *viel* von ihnen gesehen, in all ihrer nackten Pracht. Das Eis ist sogar anatomisch korrekt mit daran befestigten Eiern, wulstigen Adern und köstlichen Erhebungen überall.

„Wir werden an diesen essbaren Phalli üben!", verkündet T'Pring entzückt. Sie deutet mit zwei Händen darauf und Crexar und Kaan verteilen Penis-Eislutscher an alle Frauen.

Ich lecke meinen langsam und bedächtig an der Krone entlang. Er hat Blaubeergeschmack. Und schmeckt absolut hervorragend.

T'Pring strahlt zu mir herüber, erfreut über meinen Eifer. Mira hält ihren Penis am Stiel, als wäre er eine Art hochgefährlicher Sprengstoff.

„Fangen wir an, wie Piper es vormacht", sagt unsere Trainerin. „Mit einem kleinen Lecken. Es ist immer gut, mit einem Necken zu beginnen." Sie schnippt mit ihrer zierlichen rosa Zunge über die Penisspitze und wirbelt sie dann herum. Die zwei Xantharianer neben ihr stöhnen.

Alle anwesenden Frauen lecken an ihren Eis-Schwänzen, einige langsam und vorsichtig, andere mit konzentrierter, präziser Entschlossenheit. Manche von ihnen tauchen mit großem Appetit ein und lassen ihre Zunge über die gesamte Länge gleiten. Ich fahre mit meiner Lecken-um-die-Krone-Technik fort, während ich einen Blick auf Mira werfe – sie lässt ihre Zunge nur zögerlich herausschnellen, als ob sie sich über den ganzen Vorgang völlig unsicher wäre.

„An den Erhebungen sind Xantharianer besonders empfindlich", fährt T'Pring fort. „Sie sind dazu bestimmt, intensive weibliche Lust hervorzurufen, und diese Lust soll auf Gegenseitigkeit beruhen. Klasse, lasst uns alle unsere Aufmerksamkeit auf die Erhebungen richten und unsere Bemühungen darauf konzentrieren. Schaut mir zu, wenn ihr wollt." Sie küsst die Unterseite ihres Eis-Schwanzes, wobei sie ihre Zunge immer wieder über die erhabenen Stellen gleiten lässt.

Die Klasse folgt T'Prings Anweisungen und ich tue es auch. Ich lasse meine Zunge vorsichtig über die Erhebungen kreisen, reibe mich ein wenig an ihnen und frage mich, wie sie sich an einem echten Xantharianer anfühlen würden.

Ein erregtes Kribbeln schießt mir über die Wirbelsäule.

Crexar und Kaan sind schon total aufgegeilt davon, T'Pring zu beobachten. Ihre Schwänze bäumen sich bereits auf und werden von ihren Lendenschurzen kaum noch verdeckt. Crexar greift nach unten, um sich zu wichsen. Auf Kaans Gesicht liegt ein unbehaglicher, etwas schmerzhafter Ausdruck.

„Wenn ihr bereit seid", sagt T'Pring, „könnt ihr versuchen, den gesamten Phallus in den Mund zu nehmen. Am Anfang besser vorsichtig, denn sie sind ziemlich groß." Ihr eigener Mund ist ziemlich klein und es gelingt ihr nur, den oberen Teil des Eis-Schwanzes in sich aufzunehmen, wobei sie sich mit fest angesaugten Lippen auf und ab bewegt. Sie und Crexar stellen Blickkontakt her und die Lust explodiert zwischen ihnen wie ein Feuerwerk.

T'Pring lässt ihr Eis mit einem lauten Platschen auf den Boden fallen. „Hoppla!"

Crexar sieht das als eine Einladung an. In Windeseile hat er sich seinen Lendenschurz heruntergerissen und T'Pring kniet vor ihm nieder und ersetzt den Blaubeer-Penis durch das echte Exemplar ihres Assistenten. Er stöhnt, während sie leise wimmernde Geräusche von sich gibt.

Sie hebt für einen Moment den Mund von ihm. „Kaan, komm", befiehlt sie. Kaan eilt eifrig herbei und bald ist auch sein Lendenschurz Vergangenheit. T'Pring vergnügt sich wieder mit Crexar, indem sie mit einem Paar ihrer Hände seinen Schaft an der Basis greift und ihn pumpt, während das andere Paar Kaan bearbeitet.

Das Beste daran ist, dass niemand von ihnen mich beachtet.

Ich lecke noch einmal beherzt an meinem Penis-Eis.

„Hey, ich muss los", flüstere ich Mira zu. Und dann stehe ich auf, bewege mich leise und schleiche mich zur Tür hinaus.

Die Freiheit ruft meinen Namen, aber erst muss ich sie mir verdienen.

KAPITEL ZWEI

PIPER

*E*iner der Vorteile davon, dass ich den Großteil meiner achtundzwanzig Lebensjahre als Diebin verbracht habe, ist, dass ich verstohlen bin.

Wirklich verstohlen.

Ich bewege mich flink durch die Gänge – die von dicken, üppigen Mauern aus lebenden Pflanzen gesäumt sind –, bis ich den königlichen Flügel erreiche. Hier wächst alles noch üppiger und überall finden sich blühende Pflanzen in allen Farben und Springbrunnen.

Die Stimmen einiger xantharianischer Wachen tönen durch den Flur. Ich verstecke mich hinter einem großen, spitzen Farn und halte still, bis die Wachen vorbeigehen und ihre Stimmen verklingen.

Ich warte ein paar Augenblicke, während ich meinen schmelzenden Eis-Penis lecke. Schließlich, nachdem ich überzeugt bin, dass die Luft rein ist, komme ich aus meinem Versteck heraus.

Als potenzielle menschliche Zuchtgefährtin für die Xantharianer werde ich zwar mit Respekt behandelt und habe freie

Hand im Palast, aber ich darf mich nicht in die privaten Gemächer der königlichen Familie schleichen.

In die von Prinz Manu zum Beispiel.

Ich biege um die Ecke zu den Gemächern des Prinzen, gehe an ein paar spinnenähnlichen Arachnobots des Reinigungstrupps vorbei und trickse mit meinen Chrono-Kontaktlinsen schnell die Netzhautscanner aus.

Nicht nur bin ich verstohlen, ich bin auch technisch sehr versiert. Es hilft, dass die Sicherheitssysteme der Xantharianer ziemlich simpel sind. Die Technologie auf meinem Heimatplaneten Naxia ist viel fortschrittlicher und ich habe bereits mein Störgerät benutzt, um die Videoübertragung umzuleiten.

Irgendjemand muss ein ernstes Wörtchen mit den Sicherheitsleuten der Xantharianer reden, aber ich werde es sicher nicht sein. Sie machen mir die Dinge einfach und dafür bin ich dankbar.

Nachdem ich auf dem Flur einen schnellen Blick in beide Richtungen geworfen habe, betrete ich die Gemächer von Prinz Manu. Die automatische Tür gleitet hinter mir zu.

Das ist das erste Mal, dass ich die Suite des Prinzen betrete. Sein Zimmer ist schlicht – ein großes Schwebebett, ein Atrium mit unzähligen tropischen Bäumen, ein Bad und ein Bereich zum Entspannen und Essen.

Ich bewege mich schnell und suche nach verborgenen Wandpaneelen. Nach Hinweisen.

Meine Intuition sagt mir, dass das Artefakt nicht hier sein wird, aber ich habe schon überall sonst gesucht. Ich war in allen königlichen Gemächern, habe die Schatzkammer und die Waffenkammer durchsucht. Ich habe jeden Zentimeter dieses Dschungelpalastes durchforstet. Ich war sogar in dem *streng* geheimen Gewölbe – eine Erfahrung, die ich nicht empfehlen kann, da man dazu die steile, gewundene Treppe unter dem Palast hinuntergehen und dann vor dem feuerspeienden Lemur, der den Ort bewacht, flüchten muss.

Aufregend und anstrengend, aber nicht auf eine lustige Art und Weise.

Ich nehme mir einen Moment Zeit, um wieder an meinem Schwanz-Eis zu lecken. Es schmilzt schnell und ich will nicht, dass es auf den Boden tropft. Der köstliche Heidelbeergeschmack verweilt in meinem Mund und die Erhebungen fühlen sich auf meiner Zunge dekadent an.

Also, wo zum Teufel ist dieses goldene Ei?

Die königliche Familie von Xanthara besitzt das goldene Ei von Atlantis, hatte mir Orgalia mitgeteilt. *Finde es und bringe es mir. Dann lasse ich dich gehen.*

Die Flammen in den Augen meiner Herrin, als sie mir diese Mission übertragen hatte, waren die von reiner Gier gewesen.

Der Hochherzog von Naxia hat sich mit einigen alten Dokumenten befasst, hatte Orgalia mir erklärt. *Er ist auf einige interessante Informationen gestoßen. Das legendäre goldene Ei ist nicht nur ein Mythos, es wurde über die Generationen in der königlichen Familie von Xanthara weitergegeben. Deine Aufgabe ist es, es zu stehlen, Piper.*

Der Herzog hatte ihr dafür einen exorbitanten Betrag angeboten. So viel Geld, dass sie für den Rest ihres Lebens in Luxus leben könnte und nie wieder ihre Crew von Dieben und Mördern beschäftigen müsste.

Ich atme tief durch und bewege meine Hand auf meinen Bizeps. Ich lasse meine Finger das Muster nachzeichnen, das ich eine Million Mal betrachtet habe – kleine rote Rosen, die sich über meinen Oberarm schlingen. Das Band der winzigen Tätowierungen ist fast vollständig, bis auf eine Ausnahme.

Noch eine Rose, um meine Markierung zu vervollständigen. Um den Kreis zu vollenden. Noch ein Kreis, den ich mir von Orgalia verdienen muss – damit ich frei sein kann.

Wenn ich meiner Herrin dieses goldene Artefakt bringe, bin ich für immer mit diesem Leben der Knechtschaft fertig. Ich werde in der Lage sein, mein *richtiges* Leben zu beginnen, und nie wieder für sie stehlen müssen.

Orgalia als meine Herrin zu haben, war ehrlich gesagt das Schlimmste.

Wer sonst hätte dich aufgenommen, kleiner Mischling?, hat sie oft gesagt. *Niemand will einen Mischling. Wärst du lieber auf der Straße geblieben und hättest dein Abendessen irgendwo gestohlen?*

Vielleicht. Ich weiß es nicht einmal mehr. Als ich in jungen Jahren verwaiste, ohne Erinnerung an meine Eltern und ohne Informationen darüber, was mit ihnen geschehen war – außer, dass einer von ihnen ein Mensch gewesen sein muss –, hatte ich nicht die einfachste Kindheit auf Naxia. Orgalia fand mich in einer schmutzigen Gasse und nahm mich sofort bei sich auf.

Brachte mir bei, wie man kämpft. Brachte mir bei, wie man stiehlt. Schickte mich auf endlose Missionen, um ihre Drecksarbeit für sie zu erledigen.

Ich habe mir für jede erfüllte Aufgabe eine Rose verdient. Und wenn ich dieses Ding – dieses goldene Ei – finde, wird sie meine Markierung vervollständigen. Sie wird mein Tracking-Implantat entfernen. Sie wird mir meinen *Verdienst* schenken – die Vergütung für meine Arbeit, genug Geld, um mich irgendwo niederlassen zu können.

Vor allem aber wird sie mich *freilassen*.

Ich werde den Kodex geehrt haben – den sie mir und den anderen, die sie aufgenommen hat, auferlegt hat. Den Kodex, nach dem ich so lange gelebt habe und der tief in mir verwurzelt ist.

Meine Markierung kribbelt erwartungsvoll, sehnt sich danach. Ich kann die Freiheit beinahe auf meinen Lippen schmecken. So ähnlich wie das Schwanz-Eis, das ich tatsächlich auf den Lippen schmecken *kann*. Es rinnt jetzt und ein paar Tropfen fallen auf den Boden.

Tropf. Tropf.

Oh, Mist.

Ich eile ins Badezimmer und komme mit einem Handtuch zurück, … nur um einem muskulösen, breitschultrigen Xantharianer gegenüberzustehen.

Er hält inne und starrt mich an, zieht fragend seine Augenbrauen hoch.

Seine Augen sind warm, schokoladig, ein Braunton, der einem auf der Zunge zergeht. Er ist nicht so typisch stoisch und grüblerisch wie die meisten anderen Xantharianer. Stattdessen umgibt ihn eine sexy Jungenhaftigkeit.

Ein böses Grinsen ersetzt seinen überraschten Gesichtsausdruck. Er bürstet sich sein langes, sandblondes Haar aus dem Gesicht und mustert mich mit überheblichem Selbstvertrauen.

Mmmh. Hallo, Prinz Manu.

DRITTES KAPITEL

MANU

*D*as ist aber interessant. Da steht ein schönes rothaariges Weibchen in meinem Zimmer. „Guten Morgen, kleiner Mensch." Ich hebe eine Augenbraue und warte darauf, dass sie mir eine Erklärung liefert.

„Hey", sagt sie und zwinkert mir zu. Sie blendet mich mit einem strahlenden Lächeln und ihre hellgrünen Augen funkeln vor Unheil. Leichte Sommersprossen akzentuieren ihre Züge.

Niedlich. Sehr niedlich.

Etwas seltsam ist allerdings, dass ihre Lippen blau gefärbt sind. Vielleicht eine modische neue Lippenfarbe? Ich kann nie mit all den Modetrends Schritt halten.

Sie hebt das, was sie in der Hand hält, an ihren Mund, und leckt mehrere Male eifrig darüber. Okay, es ist ein blaues Eis am Stiel – das erklärt die blauen Lippen. Aber es ist das längste und dickste, das ich je gesehen habe. Ich betrachte es genauer.

Fuck, es ist ein Schwanz.

Die gesamte Spitze ist bereits weg, aber Reste der Erhebungen sind noch vorhanden. Und die großen Kugeln am unteren Ende verraten mir, dass ich richtig liege. Sie nimmt ihn bis zur Hälfte mit einem lauten Schlürfgeräusch in den Mund.

„Tut mir leid, der Eis-Schwanz schmilzt", betont sie. „Ich will nicht, dass er alles antropft." Sie tupft mit einem Handtuch über eine Stelle auf dem Boden, bevor sie das Eis wieder in den Mund nimmt und an jeder Seite entlang leckt.

Doppel-Fuck. Ich hatte sicher nicht erwartet, in mein Zimmer zurückzukehren, um eine umwerfend schöne Frau darin vorzufinden, die einen Schwanz lutscht, der nicht meiner ist.

Ich beschwere mich natürlich nicht. Es ist heiß. Extrem heiß. Mein Schwanz rührt sich in meiner Hose, während sie mit der Zunge über die Erhebungen gleitet.

„Kein Problem", sage ich. „Übrigens, ich bin Manu."

„Hallo, Prinz Manu." Sie grinst mich wieder strahlend an.

„Nur Manu."

„Okay. Und ich bin Piper."

„Schön, dich kennenzulernen." Also gut, sie ist hier, um mich zu verführen, um zu versuchen, mich ins Bett zu kriegen.

Es ist nicht das erste Mal – oder sogar das zweite oder dritte –, dass eines der Menschenweibchen auf mich gewartet hat. Ich habe noch nie mit einer von ihnen geschlafen. Nicht, dass ich es nicht genießen würde, klar, aber es ist gegen die Regeln. Wenn du sie fickst, gehört sie dir. Und ich interessiere mich nicht für eine menschliche Gefährtin. Das ist nicht die Art von Verantwortung, die ich will.

Dieses Weibchen ist allerdings das erste, das *in* meinem Zimmer auf mich gewartet hat. Ausgerechnet mit einem Blaubeerpenis. Mein Blick wandert über die Länge ihres Körpers. Hautenges schwarzes Oberteil. Rote Leggings aus Leder.

Sexy.

Aber wie ist sie an den Wachen vorbeigekommen?

„Also … das ist mein Schlafzimmer." Ich halte inne, höllisch abgelenkt davon, wie sie über diese blauen Eier leckt. Ich kriege jedenfalls gerade einen Ständer. „Was führt dich hierher?"

„Oh!" Ihre zierliche rosa Zunge hört auf zu lecken. „Ich war beim Freudentraining und musste dann auf die Toilette. Ich kam diesen Flur entlang und habe mich wohl ein wenig verirrt."

„Okay." Diese Ausrede habe ich schon mal gehört. Ich fühle, wie meine Augen sich verengen. „Aber wie bist du hier hereingekommen?"

„Nun, ich bin hier entlanggekommen … und diese Tür stand einfach offen."

„Offen?" *Hmm.* Die Tür ist nicht dazu gedacht, offenzubleiben. Jemand muss sie hineingelassen haben und ich bin nicht gerade begeistert über diese Lücke in unserem Sicherheitssystem.

„Vielleicht haben die Putz-Bots vergessen, sie hinter sich zu schließen?" Eine Röte steigt ihr auf ihre ohnehin schon rosigen Wangen, aber das schelmische Funkeln in ihrem Blick ist nicht zu übersehen. Unschuldig ist sie jedenfalls nicht.

Eher eine flirtende Verführerin.

„Ich schätze, ich muss mit diesen Putz-Bots reden." Ich grinse sie lässig an. Dieses Spiel sollte ich nicht mit ihr spielen, wirklich nicht – auch wenn diese Schwanz-Eis-Sache *sehr* kreativ von ihr ist. Ich zolle ihr für ihren Einfallsreichtum Respekt. Einige der anderen Weibchen hatten sich nicht so etwas ausgedacht, um mich zu verführen. Obwohl mein Ständer weiter wächst, kann ich sie auf keinen Fall ficken. Dieses Zuchtgeschäft ist eine ernste

Sache und ich will nicht, dass sie auf falsche Gedanken kommt.

„Es … Es tut mir so leid, dass ich hier ungebeten eingedrungen bin. Ich werde gehen, jetzt gleich."

Sie dreht sich um und will gehen, aber ich strecke die Hand aus, um nach ihr zu greifen. „Warte, nein. Bleib doch. Ich kläre das mit den Bots. Schon okay."

„Du bist nicht verärgert?", scherzt sie und windet sich elegant aus meinem Griff. Sie setzt ihre Arbeit an den Eiern fort – so ziemlich der einzige Teil, der von dem Eis noch übrig ist – und lässt ihre Zunge über eine der Wölbungen gleiten.

Sie leckt. Schnippt. Schlürft ein wenig.

Mein Schwanz ist jetzt ein ausgewachsener Ständer und ich widerstehe dem Drang, ihn in die Hand zu nehmen und mich selbst zu wichsen. „Ich bin nicht verärgert", presse ich heraus.

Nein, nicht verärgert.

Hingerissen, ja. Scharf wie kein Zweiter.

Und bemüht, mir nicht in die Hose zu spritzen, während sie zuschaut? Auf jeden Fall.

Sie gleitet mit ihrer Zunge über die Naht und wandert dann auf die andere Seite hinüber. Mehr Lecken und Saugen. Ihre Zunge hat sogar einen sexy Blauton angenommen und bald ist das Gemächt aus Blaubeereis verschwunden und rinnt ihre Kehle hinunter. *Heilige Scheiße*, sie hat das ganze Ding verschlungen.

„Sieh mal, Piper", stöhne ich und tue alles in meiner Macht Stehende, um sie nicht auf mein Bett zu werfen, ihr die Hose auszuziehen und mein Sperma auf ihren Rücken und ihren wunderschönen Arsch zu spritzen. „Ich weiß das zu schätzen, aber … ich kann das nicht mit dir machen."

„Was machen?"

„Du weißt schon, das ..." Ich gestikuliere zwischen uns hin und her. „Ich weiß, du bist hier, um es zu versuchen, aber ..."

„Du denkst, ich bin hergekommen, um dich *zu verführen*?" In ihren Augen regt sich Heiterkeit.

Ich halte verwirrt inne. „Nun, ja. Ich meine, ich suche keine Gefährtin. Das ist es doch, was du willst, oder? Deswegen bist du doch hier?"

Piper lacht und es ist ein schöner Klang. Nicht herablassend oder so, einfach nur aufrichtig amüsiert. „Oh, nein, Prinz Manu. Ich habe mich wirklich auf dem Weg zur Toilette verlaufen."

Sie reicht mir den sauber geleckten Stiel des Eis-Schwanzes und mit einem flirtenden Hüftschwung stolziert sie aus meinen Gemächern.

VIERTES KAPITEL

Essen. Schlafen. Nach dem Ei suchen.

Von vorne.

Das ist es, was aus meinem Leben geworden ist. Oh, und ich darf das Freudentraining nicht vergessen – es ist so ziemlich meine einzige erforderliche Tätigkeit als menschliches Zuchtweibchen.

Ich kann meine Zeit nicht auf viel anderes verschwenden. Das goldene Ei hätte schon vor Wochen in meinen Händen sein sollen.

Aber doch sitze ich jetzt in dieser Bar, in die Kat und Mira mich geschleppt haben. Nicht, dass ich die Grube nicht liebe – tatsächlich bin ich ein großer Fan davon –, aber ich kann auf diesem Planeten nicht noch mehr Zeit verschwenden.

Kat schwenkt ihren Barhocker und grinst mich und Mira an. „Prost, Mädels!" Wir stoßen mit unseren Margarita-Gläsern an und ich nehme einen Schluck. Lecker süß. Rubin-rote Drinks mag ich am liebsten.

Heute Abend ist die Grube getreten voll, und zwar mit unzivilisierten, außerirdischen Besuchern verschiedener

Spezies, dazu laute Musik und von Tabakrauch durchzogene Luft. Bruuls und Kriegerinnen vom Planeten Uluxor reiben sich auf der Tanzfläche aneinander. Aliens, die aussehen wie Ziegen, schlürfen Getränke und torkeln in ihrem Rausch umher. Spaß-Bots, die in der Anmutung von Xantharianer-Weibchen geschaffen wurden, um die … Einsamkeit … einiger männlicher Krieger zu lindern, sitzen auf den Schößen von Gästen oder schlendern umher, um die Menge zu unterhalten.

Die Stimmung ist ein wenig rau und stürmisch, genau wie ich intergalaktische Bars mag.

Schade, dass ich mich nicht entspannen und den Abend einfach genießen kann. Ich bin angespannt und nervös. Wenn ich doch nur irgendeinen Hinweis auf den Aufbewahrungsort dieses verflixten Artefakts hätte.

Kat und Mira stürzen sich in ein Gespräch über Hochzeitskleider für Kats bevorstehende Hochzeit mit Prinz Danax und ich nutze die Gelegenheit für ein wenig Arbeit, indem ich den Bildschirm meines Tele-Armbands so ausrichte, dass nur ich ihn sehen kann, und dann die Fluxkarte hochziehe. Der 3D-Plan des Palastes mit allen Räumen, einschließlich der streng geheimen Räumlichkeiten und Gewölbe, rotiert langsam darauf. Ich berühre die Karte diagonal mit zwei Fingern, um den Palast zu verkleinern, sodass ich eine weitläufigere Vogelperspektive auf das umliegende Gelände bekomme.

Heute Abend werde ich den Friedhof und die Krypten durchsuchen. Mir schaudert ein wenig bei dem Gedanken, aber ein roter Bereich auf der Karte zeigt mehrere mögliche Verstecke an, die in den Wänden liegen könnten. Perfekte, winzige Fächer, die zur Unterbringung eines wertvollen Artefakts geeignet wären.

„Piper, was machst du denn da drüben?", fragt Kat und

zwinkert mir zu. „Schickst du deinem neuen Xantharianer-Liebhaber eine Nachricht?"

„Noch kein Liebhaber für mich!", sage ich lachend und schließe schnell die Fluxkarte, bevor sie sie sehen kann. Ich weiche ihrer Frage aus – denn ich will nicht lügen. Die beiden sind meine Freundinnen. Die süße und einfühlsame Mira und Kat, durch und durch hartgesottene Söldnerin, effizient verpackt im Körper einer heißen Kriegerin.

Sie wissen weder, warum ich hier bin, noch wissen sie überhaupt etwas über mich. Kat kam versehentlich auf diesen Planeten und Mira ist hier, um sich einen großen, kräftigen Xantharianer zu angeln, der sie für immer beschützt – beides völlig legitime Gründe.

Wie kann ich ihnen die Wahrheit sagen? Dass ich in Wahrheit ein Dieb bin?

Ein Hochstapler?

Ich kann es nicht. Sobald ich finde, was ich suche, bin ich von diesem Planeten weg. Zurück in Richtung Naxia und dann weiter in die Freiheit. Natürlich wird es mich traurig machen, die Freundschaft, die ich mit Kat und Mira aufgebaut habe, hinter mir zu lassen, aber so ist das Leben. Was soll ich denn tun?

„Ich habe gehört, dass einige der Xantharianer bereits mit dem Auswahlverfahren für ihre Gefährtinnen begonnen haben", sagt Mira. Ihre Augen sind weit aufgerissen, während sie langsam an ihrem Glas nippt.

„Oooh, das klingt interessant", sagt Kat und wackelt mit den Augenbrauen. „Ich bin mir sicher, dass schon bald die sexiesten Kerle euch schöne Augen machen werden."

Die Zucht mit den Xantharianern ist das Letzte, woran ich denke. Ich brauche keinen Gefährten. Ich brauche ein *goldenes Ei*, verdammt noch mal.

Obwohl es heute nicht schwer für mich war, mit Prinz

Manu zu flirten. Kein bisschen. Sexy und wie ein Panzer gebaut, ist Manu, gelinde gesagt, eine Augenweide.

Sein attraktiver muskulöser Körper beginnt in meinem Kopf zu tanzen, ein bisschen wie ein männlicher Stripper, während ich die letzten Tropfen meiner Margarita ausschlürfe. Oh, ja. Gar nicht schlecht – sowohl der Typ als auch der Drink. Für einen Gefährten kann ich mich nicht begeistern, aber sicherlich für einen weiteren Cocktail, der die Lage ein wenig entspannt.

„Noch eine Runde Rubinrote, bitte", sage ich zu dem Barkeeper-Bot.

Der Bot nickt und beginnt, die Getränke zu zaubern, eine der Spezialitäten des Barbesitzers Raygaar. Er ist heute Abend nirgendwo zu sehen, aber bald nippen wir drei an einer weiteren Runde köstlicher Margaritas, und die sind fast so gut wie die von Raygaar selbst.

Einer der ziegenähnlichen Außerirdischen an der Bar – mit einem pelzigen Menschenkörper, Hufen und einem Schwanz –, lässt seinen Spaß-Bot allein, um sich zwischen Kat und Mira zu quetschen. Er blökt laut und entscheidet sich dafür, in seiner Muttersprache und nicht in intergalaktischem Standard zu sprechen, und gestikuliert unzüchtig in seinen Schritt.

Er ist betrunken und spitz, und damit meine ich nicht die beiden großen eingedrehten Hörner auf seinem Kopf.

Kat stößt ihn leicht weg, während Mira beklommen zusieht, und ich nutze die Gesprächspause, um die Fluxkarte auf meinem Komm-Armband wieder hochzuziehen. Ich zoome in eine der Krypten hinein und versuche, die vielversprechendsten Bereiche zu lokalisieren. Ich tippe auf eine, zoome noch näher hinein …

Bis Bewegungen zu meiner Linken mich in Alarmbereitschaft versetzen. Drei riesige Xantharianer, alle in Schwarz, nähern sich der Theke mit nichts weniger als schwanzwütiger Prahlerei.

Mist. Es sind Zanthor und seine Lakaien, Na'Rus Version von Gangstern. Sie kommen auf mich zu und das überrascht mich nicht. Sie sind meinetwegen hier. Anscheinend ist meine Zeit abgelaufen.

Ein mächtiges und schweres Gefühl bohrt sich mir in den Magen.

Ein kurzer Blick auf Kat und Mira sagt mir, dass sie immer noch mit den Ziegentypen beschäftigt sind – ein paar weitere dieser fabelartigen Wesen haben sich jetzt zu ihm gesellt und sie kreisen mit den Hüften im Takt und tun ihr Bestes, um meine Freundinnen zum Tanzen zu animieren. Kat rollt mit den Augen und schüttelt den Kopf, während Mira angewidert zusammenzuckt.

Ich kann eine Unterhaltung mit Zanthor nicht vermeiden, aber ich möchte nicht, dass meine Freundinnen wissen, dass ich in irgendeiner Weise mit ihm zu tun habe. Es würde Fragen aufwerfen, die meine Tarnung auffliegen lassen könnten. Also gleite ich schnell von meinem Barhocker, schlendere auf meinem Weg zum Ausgang an Zanthor vorbei und nicke fast unmerklich mit dem Kopf.

Wir klären das draußen.

Sobald ich unter den Bäumen stehe, umhüllt von der warmen Luft des Dschungels und den Nachtvögeln, die über meinen Köpfen in den Blättern rascheln, atme ich tief durch. Die drei muskulösen Außerirdischen vor mir sind nicht annähernd so angenehm wie mein Umfeld. Ihre Gesichter sind hart und rau, ihre Körperhaltung bedrohlich.

Ich schulde Zanthor Geld – etwas, von dem ich absolut *nichts* besitze – und er ist hier, um zu kassieren.

KAPITEL FÜNF

Raygaar und ich trampeln schweigend im Dschungel hinter der Grube herum. Ich habe kein Problem damit, nicht zu reden – das Nachtleben im Dschungel erzeugt genug Lärm, um alle Gedanken zu übertönen, die wir beide für uns behalten. *Tuk-tuk*-Vögel krächzen laut und farbenfrohe *Mawis* schnattern, während sie von Ast zu Ast springen. Insekten summen in dem dichten Laub um uns herum.

Raygaar hält zwar eine Luma-Fackel hoch, die unseren Weg ausleuchtet, aber ich bin trotzdem wachsam. Mein Blick schweift umher, auf der Suche nach allem, was eine Gefahr darstellen könnte. Dieser Dschungel – der so ziemlich ganz Xanthara bedeckt – wimmelt von fleischfressenden Pflanzen und anderen Kreaturen, die einen auffressen wollen.

Ein *Mawi* schwingt sich von einem Ast herunter, hängt an seinem violetten Greifschwanz und zeigt mir sein Gebiss.

„Heilige Scheiße!", murmle ich. „Du hast mich zu Tode erschreckt."

Die orangefarbenen Kopffedern des *Mawi* sträuben sich und er kreischt laut. Der kleine Kerl ist offensichtlich mit sich selbst zufrieden. Ich kann nicht verhindern, dass sich ein Grinsen in meinem Gesicht ausbreitet.

Raygaar lacht, als die Kreatur davonhuscht. „Bist du sicher, dass du nicht stattdessen in der Bar etwas mit mir trinken willst?" Er deutet in die Richtung, aus der wir gekommen sind, seine braunen Augen identisch mit meinen.

Ich lasse meinen Blick über seine Gesichtszüge wandern, wie ich es schon Millionen Mal zuvor getan habe. Nicht nur die gleichen Augen, sondern auch die gleichen blonden Haare. Dieselbe Nase. Sogar die Erhebungen unserer Wangenknochen weisen die gleiche markante Wölbung auf.

Es ist, als würde ich auf mein eigenes Spiegelbild starren, nur, dass es um etwa dreißig Jahre älter ist.

„Nein. Du weißt, dass ich das nicht tun kann, sosehr ich es auch möchte." Ich stoße einen Atemzug aus und fahre mir mit der Hand durchs Haar. „Tut mir leid."

Als Prinz kann ich nicht wirklich durch die Bars streifen und in der Öffentlichkeit am selben Ort wie Raygaar aufzutauchen, bedeutet nur Ärger. Wir sind uns viel zu ähnlich.

Zusammen gesehen zu werden? Jep. Schlechte Idee. Niemand hätte mehr auch nur den geringsten Zweifel an der Wahrheit.

Raygaar und ich sind Vater und Sohn.

Nicht viele der Gäste in der Grube arbeiten im königlichen Palast, aber trotzdem. Ich will mir nicht die Finger verbrennen und dumme Risiken eingehen.

Raygaar sagt nichts, aber ich kann spüren, wie seine Enttäuschung wie ein Messer durch die feuchte Dschungelluft schneidet. Er wollte schon immer mehr Zeit mit mir verbringen.

Aber was soll ich tun? Niemand hat bisher herausgefunden, dass König Aurelians mittlerer Sohn nicht wirklich von ihm ist – einschließlich König Aurelian selbst. Und genau jetzt will ich dieses Risiko nicht eingehen. Ich bin ein königlicher Bastard, aber ich habe vor, mein Geheimnis mit ins Grab zu nehmen. Aurelian hat mich liebevoll als seinen Sohn großgezogen und ich möchte weder ihm noch sonst jemandem in der königlichen Familie Schande bereiten für das, was vor über dreißig Jahren geschehen ist.

„Wie weit ist es noch?", frage ich. Es ist schon ewig her, dass ich hier draußen war.

„Direkt vor uns."

Ich schaue durch das dichte Laubwerk. In der nahen Ferne leuchtet ein schwaches Licht. Das ist das Zuhause meines Vaters. Sein Bungalow, oder wie auch immer er es nennt.

Wir stapfen noch ein paar Minuten weiter, bevor Raygaar wieder spricht.

„Danke, dass du mich heute Abend besuchst. Es ist schon eine Weile her."

„Ich weiß. Tut mir leid."

Tut mir leid. Die Worte hängen schwer in der Luft, als Raygaar die Tür öffnet. Ich halte inne, bevor ich eintrete, und beobachte eine riesige rosa-lila Python, die an uns vorbeischleicht. Sie beachtet uns nicht und schlängelt sich weiter ins Gebüsch, auf der Suche nach ihrem nächsten Opfer.

Gott sei Dank bin ich es nicht.

Nur mein Vater würde sich dafür entscheiden, hier draußen zu leben, ganz allein. Meine Gedanken wandern zu meiner Mutter, die drei Jahre nach ihrer Affäre mit meinem Vater bei Danax' Geburt starb.

Ich halte inne und weiß nicht, was ich sagen soll. „Raygaar, ich wünschte, du würdest mich –"

„Nein, Manu. Wir haben schon darüber gesprochen."

„Aber ich könnte …"

„Nein. Mein Leben ist hier draußen."

Ja. Ich weiß. Ich habe ihm bereits alles angeboten – ein Zuhause in der Stadt. Genügend Geld, damit er nie wieder arbeiten müsste und für all seine Bedürfnisse gesorgt wäre.

Aber es gefällt ihm hier draußen, in seiner Männerhöhle. Wo er Alkohol destilliert. An seinem Spielzeug bastelt. Er will meine Hilfe nicht.

Raygaar grinst mich an und versucht, die Stimmung aufzulockern. Er bedeutet mir, mich an seinen Tisch zu setzen. „Ich habe einen neuen Schwung *Rakija* fertig. Lass mich dir welchen holen.“

Ich setze mich hin, während er mir den Schnaps bringt, und lasse die Wärme sich ihren Weg meine Kehle hinunterbrennen. „Schmeckt gut.“

Er stützt seine Ellbogen mir gegenüber auf dem Tisch ab und grinst noch breiter. „Also … hast du schon eine Gefährtin auserkoren? Ich habe gehört, dass jetzt viele schöne Menschenweibchen hier sind, aus denen du wählen kannst.“

Das eben noch beruhigende Brennen bleibt mir plötzlich im Hals stecken. „Nein.“

„Warum nicht?“

„Nicht mein Ding.“ Ich zucke mit den Achseln. Ich weiß, dass er versucht, Konversation zu betreiben, aber er hat das falsche Thema gewählt. Er fängt an, wie Danax zu klingen, der mich bereits gnadenlos mit diesem Thema gelöchert hat. „Es gibt viele Xantharianer, die bereit sind, sich mit den Menschenweibchen zu paaren und bei der Wiederbesiedlung von Xanthara zu helfen.“

Die Wahrheit ist, ich bin es nicht. Ich will keine Gefährtin.

Ich will es einfach nicht.

Beziehungen, und auch die Paarung, all das macht die Dinge kompliziert. Das brauche ich in meinem Leben nicht. Ich sitze hier an diesem Tisch mitten im Nirgendwo mit meinem leiblichen Vater und um meine Ziehfamilie vor einer riesigen Schande zu bewahren, muss ich es geheim halten.

Ich bin ein verdammter königlicher Betrüger. Ich will nicht, dass meine Kinder es jemals so herausfinden müssen wie ich.

Raygaar schenkt mir noch einen *Rakija* ein und ich kippe ihn mir hinter die Binde.

Plötzlich kommt mir der Raum eine Million Mal kleiner vor. Die Decke zieht sich zusammen und drückt gegen meine Schultern. Hitze prickelt über meine Haut und das Trinken in diesem winzigen Bungalow macht plötzlich nicht mehr so viel Spaß.

„Lass uns ausfliegen, ja?" Ich warte nicht einmal auf die Zustimmung meines Vaters, bevor ich auf den Beinen bin, mich ausziehe und durch die Tür renne. Bald darauf verwandle ich mich in meine Drachenform, stürze los zwischen die Bäume und stoße Augenblicke später durch die Baumkronen und hinauf in den Himmel.

Atme.

Atme einfach.

Die kühle Nachtluft fühlt sich gut an. So gut. Raygaar stößt kurz darauf zu mir und wir beide gleiten über die Wälder. Unter uns breitet sich die Hauptstadt Na'Ru aus, die in den Wald hineingebaut ist. Die glänzenden Glaswände des königlichen Palastes sind hell erleuchtet.

In dieser Höhe wirken die Dinge leichter. Klarer. Ich brülle meinen Vater an, aber ich will ihm nichts Böses. Er brüllt zurück, bevor er einen weiten Looping fliegt.

Ich kreise zurück zum Stadtrand und zur Grube und tauche in Richtung der heruntergekommenen Bar ab. Es ist etwas schwierig, durch die Bäume zu sehen, aber die laute Musik tönt tief in die Nacht. Eine knallrote Gestalt unter dem Vordach fällt mir ins Auge.

Ich tauche noch tiefer hinunter. Eine Frau, ganz in Rot gekleidet, die von drei brutalen Männern umgeben ist. Es ist Piper, das kleine Menschenweibchen, das ich vorhin in meinem Zimmer angetroffen habe.

„Hey, Raygaar? Ich bin auf dem Weg nach unten. Ich glaube, wir haben hier ein Problem."

KAPITEL SECHS

Zanthor und seine Schergen bauen sich vor mir auf und stellen mich mit ihren wuchtigen Körpern in den Schatten. Ihre Gesichter sind streng und hart, ihre Hälse dick wie Baumstämme.

Ich schlucke, schwer, und richte meine Schultern auf. Hebe meinen Kopf. Ich lasse nicht zu, dass sie meine Angst sehen. Ich lasse meine Hand zum unteren Rücken wandern, wo ich *Zuckerbrot* eingeklemmt habe. Noch hole ich meine Peitsche nicht hervor, … aber ich bin bereit, für alle Fälle.

„Ich werde dir dein Geld besorgen, das verspreche ich", sage ich zu Zanthor. „Ich brauche einfach noch etwas mehr Zeit."

„Es ist schon Wochen her", sagt er, seine Stimme ein tiefes, kratziges Knurren. „Deine Zahlung ist längst überfällig."

Ich stoße einen tiefen Atemzug aus. Ich habe auch nicht damit gerechnet, dass es Wochen dauern würde, das Artefakt zu finden. Ich dachte, ich würde das Ei im Handumdrehen ausfindig machen, meine *Merita* von Orgalia holen und dann sofort die offenen Einheiten an Zanthor überweisen.

„Du musst mir vertrauen", beteuere ich. „Die Verzögerung tut mir echt leid, aber ich schwöre, dass ich dir dein Geld beschaffen werde. Außerdem habe ich dir schon mein Armband gegeben, damit du weißt, dass ich zu meinem Wort stehe –"

„Das Armband ist verdammter Ramsch." Der riesige Xantharianer holt es aus seiner Tasche und hält es mit zwei Fingern hoch, als wäre es eine stinkende Socke.

„Ich habe dir doch gesagt, dass es das Einzige ist, was ich außer meiner Kleidung besitze – ich habe nicht gesagt, dass es schön oder wertvoll ist." Ich hebe mein Kinn etwas höher und bin sauer, dass er mein Armband lächerlich macht. Ich habe es auf einem Flohmarkt auf Naxia gefunden und ich bin stolz darauf – es ist das wertvollste Ding, das ich je besessen habe. „Du hast selbst gesagt, du würdest es als vorübergehende Bezahlung akzeptieren, da ich im Moment keine Einheiten habe."

Zanthor wirft sie als Reaktion auf den Boden. Seine beiden Gefolgsleute grunzen laut.

Tja, Scheiße.

Ich hätte nie gedacht, dass ich einmal mit drei mürrischen xantharianischen Ganoven hier stehen würde. Ich hätte nie zu ihnen gehen dürfen. Aber ich hatte sie in einer meiner ersten Nächte auf dem Planeten in der Grube gesehen und gehört, dass sie kürzlich aus Xantharas viel zwielichtigerer Stadt Tir'na Rax nach Na'Ru gekommen waren. Und ich habe lange genug gelauscht, um zu erfahren, dass ihre Untergrundgeschäfte mit Schwarzmarkttechnologie zu tun haben.

Ich war verzweifelt. Ich musste das Ei schnell und effizient finden, aber ich wusste weder etwas über den Grundriss des Palastes, noch hatte ich endlos viel Zeit, seine geheimen Gänge allein zu erkunden. Ich hatte mich weit aus dem

Fenster gelehnt und mich an Zanthor gewandt, aber meine Mission so vage wie möglich dargestellt. Und natürlich hatte er etwas, das mir helfen konnte. Die Fluxkarte war ein verdammter Lebensretter, mit dem ich versteckte Gewölbe und andere supergeheime, streng vertrauliche Orte sofort lokalisieren konnte.

Es dauerte nicht lange, bis ich Schätze aller Art fand – die Legenden sind wahr; Drachen horten *wirklich* gerne wertvolle, glänzende Dinge –, aber der einzige Gegenstand, den ich noch nicht gefunden habe, ist der eine, den ich wirklich brauche.

Und jetzt sitze ich mit einer Horde großer, furchterregender Außerirdischer ganz schön in der Scheiße.

Zanthor knurrt und macht einen bedrohlichen Schritt auf mich zu. Seine Schergen folgen ihm wie auf Kommando und schwärmen an meine Flanken aus.

Mit einer geschmeidigen Bewegung habe ich meine Peitsche in der Hand. Mit einer leichten Handbewegung schicke ich *Zuckerbrot* krachend durch die Luft, wobei sie absichtlich niemanden trifft und lediglich als Warnung dient. „Lasst mich in Ruhe. Du bekommst bald deine Einheiten."

Meine Stimme klingt stark und klar und nach außen hin stehe ich meine Frau, obwohl ich innerlich zittere. Mit einem von ihnen kann ich es aufnehmen, … vielleicht noch mit zweien, … aber alle drei sind zu viel.

Aber ich kann keinen Rückzieher machen. Nein, das mache ich nicht.

Die Xantharianer tauschen einen Blick aus. Sie rücken mir noch näher auf die Pelle und mehr Knurren dringt aus ihren Kehlen.

Ich schwinge die Peitsche in einer Achterform über meinen Kopf und lasse sie sich durch die Luft schlängeln.

Mein Blick wandert über die finsteren Gesichter der Schlägertypen. Sie haben nichts Schönes mit mir vor, gar nichts.

Aber ich kann nicht vor ihnen weglaufen – sie werden mich fangen. Und natürlich will ich auf keinen Fall, dass sie mich gefangen nehmen. Aber wenn ich versuche, es mit ihnen allen aufzunehmen …

Werde ich alles geben müssen. Ich knalle wieder mit der Peitsche.

Zisch.

Knack!

Zanthor bewegt sich, als wolle er sich auf mich stürzen, … aber ein lautes Brüllen lässt ihn innehalten und lenkt seine Aufmerksamkeit nach oben. Wir alle recken unsere Köpfe, während ein Drache über uns schwebt. Ein Feuerstrahl entweicht aus seinem Maul und der Wind von seinen Flügeln wirbelt um uns herum. Es ist ein Orkan von Drachenenergie und seine Kraft und Stärke sind atemberaubend. Mein Haar wirbelt um mich herum wie ein Tornado, aber das ist mir völlig egal.

Der Drache brüllt wieder und landet mit einem gewaltigen Aufprall, der Schmutz in alle Richtungen fliegen lässt. Zanthor und seine Lakaien starren einander irritiert an und ich beobachte sie genau und frage mich, ob sie sich auch in ihre Tiergestalt verwandeln werden. Stattdessen deutet Zanthor auf eine Gruppe von Schwebemotorrädern, die in der Nähe geparkt sind. „Ich hoffe, du hast mein Geld, wenn ich das nächste Mal komme, um es mir zu holen", droht er und würde mich mit seinem Blick am liebsten töten.

Die Ganoven steigen auf ihre Motorräder und brausen in die Nacht davon.

Mein Drachenretter neigt den Kopf und schnaubt, beugt sich zu mir herunter, um mich anzuschauen, will mich offenbar fragen, ob es mir gut geht. Der Wandel geht schneller vonstatten, als ich es mir vorgestellt hatte – eine Unschärfe von blauen Schuppen, Zähnen und Flügeln verwandelt sich in eine blaue Menschengestalt.

Oh! Hmm ...

Eine sehr sexy, nackte Gestalt.

SIEBTES KAPITEL

PIPER

Die breiten Schultern und die feste Brustmuskulatur von Prinz Manu verjüngen sich zu schlanken Hüften. Er schreitet selbstbewusst auf mich zu. Eigentlich ist er kein Angeber, aber er bewegt sich wie ein Mann, der sich in seiner eigenen Haut wohlfühlt. Er schaut mich mit Besorgnis an. „Piper, … ist alles okay?"

Whoa. Sieh ihm ins Gesicht. Nicht auf seinen Sack.

„Ja. Mir gehts gut." Ich lächle ihn an, obwohl ich verärgert bin und es mir schwerfällt, nicht auf seinen perfektionierten, nackten Körper zu starren. „Danke, dass du mir geholfen hast. Ich weiß das zu schätzen."

Mir wird klar, dass ich *Zuckerbrot* immer noch in der Hand halte, und ich stecke sie wieder in meine Hose. Manus Blick folgt meinen Bewegungen. „Diese Kerle haben dir Ärger gemacht. Wer war das?"

„Oh, … ein paar schräge Typen", sage ich schnell. „Ich konnte im Dunkeln kaum ihre Gesichter erkennen. Sie haben mir überhaupt nichts getan."

Keine weiteren Fragen, bitte! Ich will den Prinzen nicht anlügen, aber je weniger ich sage, desto besser.

Manus Augen werden schmal. „Aber wenn sie –"

„Da bist du ja!" Kats ungestüme Stimme unterbricht Manu und ich sende ein kurzes Dankeschön an das Universum. Sie latscht über den schwach beleuchteten Kiesweg vor der Grube und Mira kommt direkt hinter ihr heraus.

„Wir haben dich schon gesucht", sagt Mira.

Kat wirft einen Blick auf den nackten Xantharianer und grinst. „Und du, Prinz Manu, brauchst eine Hose!"

„Ich bitte um Entschuldigung", sagt Manu mit der Andeutung eines Lächelns auf den Lippen, aber ohne jegliches Anzeichen von Hemmungen. „Ich war auf einem Flug und hatte keine Sachen dabei."

„Wir müssen dir – und auch Danax – so was wie Seesäcke besorgen, in denen ihr Kleidung aufbewahren könnt, wenn ihr herumfliegt", scherzt Kat. „Ihr Jungs lauft danach immer nackt herum. Nicht, dass mich die sexy Nacktheit stört" – sie hält inne und zwinkert – „aber, du weißt schon."

Manu lacht, Mira errötet wie ein Hummer und ich bin froh, dass die Aufmerksamkeit von mir und den Ganoven abgelenkt wurde.

„Nun, ich muss für die morgendliche Trainingseinheit früh aufstehen", sagt Kat. „Du solltest mir beim Truppentraining helfen, Piper – du könntest den Jungs das eine oder andere über den Umgang mit der Peitsche beibringen."

Jetzt bin ich an der Reihe, in lautes Gelächter auszubrechen. „Ich bin sicher, das würde ihnen *gefallen*." Das Bild, wie ich einer Gruppe sabbernder, plappernder Xantharianer-Soldaten meine Peitsche demonstriere, heitert meine Stimmung ganz schön auf.

Ein Schwebetaxi fährt vor und Kat und Mira rutschen hinein. Ein langer Moment folgt, in dem nichts geschieht.

Das Taxi wartet und gibt dann einen fragenden Piepton von sich.

„Piper, kommst du?", fragt Mira.

„Oder bleibst du noch?" Kats Blick wandert von mir zu Manu. Sie grinst und hebt suggestiv eine Augenbraue.

„Ahhhh, …wartet kurz."

Ich sollte ins Taxi steigen und fahren, … einfach fahren, … aber Manus Gesicht bricht in ein leichtes, jungenhaftes Grinsen aus. Ich selber spüre, wie ein Lächeln auf meinem Gesicht aufblüht.

Uff! Nein, hör auf damit! Und was auch immer passiert, schau nicht auf seine Kronjuwelen!

„Ich wollte dir noch sagen, dass du da vorhin ein paar nette Moves drauf hattest", sagt Manu und zieht die Augenbrauen so verdammt sexy hoch. „Du weißt schon, mit der Peitsche."

„Danke", sage ich. „Und du hast selbst auch ein paar ziemlich nette Moves drauf … All das Gebrüll, das Feuerspucken und das Flügelschlagen. Der Drachenkram eben."

Er schenkt mir ein weiteres strahlend weißes Lächeln und diesmal ist eine Verspieltheit in seinen schokoladenbraunen Augen zu erkennen.

Das ist doch in Ordnung, dieser winzig kleine Flirt, oder?

Das Taxi piepst erneut, laut und mit einem irritierten Ton.

„Piper?", ruft Kat.

Manu lehnt sich in die Kabine des Taxis. „Schon gut. Ich sorge dafür, dass sie sicher nach Hause kommt."

Oh, ich sollte weg hier. Ich sollte wirklich nach Hause fahren, und zwar sofort.

„Ja, natürlich. Ich komme schon klar", sage ich zu den Mädels und lasse eindeutig meine lächerlichen weiblichen Hormone sprechen und nicht mein Gehirn. „Ich nehme das nächste Schwebetaxi zurück zum Palast."

Das Taxi braust los und am liebsten würde ich mich selbst ohrfeigen.

Ach herrje. Du dummes, dummes Mädchen!

Es gibt nichts, was ich hier draußen mit diesem eingebildeten Prinzen tun sollte. Nicht eine Sache. Ich sollte mich auf den Rückweg machen und auf heute Abend vorbereiten, wenn ich meine Suche nach dem Artefakt fortsetze.

Einen Moment lang redet keiner von uns und die Geräusche des Dschungels umgeben uns. Laute Musik dröhnt weiterhin aus der Grube. Es klingt sogar, als hätte eine Schlägerei begonnen, und als ein Ziegenmann durch das Fenster kracht, bestätigt sich mein Verdacht.

Manu fährt sich mit der Hand durchs Haar, als wäre es ganz normal, dass die Männer auf Xanthara splitternackt vor Bars herumstehen. Zwei weitere Außerirdische segeln aus einem anderen Fenster und landen murrend und blökend im Dreck, bevor sie sich davonschleppen, um ihre Wunden zu lecken. „Scheiße. Da drin läuft wohl eine Schlägerei."

„Oh. Hmm." Ich schenke dem Tumult keine Beachtung.

Schau ihm nicht in den Schritt.

Tun. Es. Nicht.

Mein Blick schnellt nach unten und da ist er … Sein fabelhafter, königlicher Schwanz. Wunderschön und blau und verdammt gigantisch. Crexar und Kaan und die Eis-Penisse – die einzigen anderen Xantharianer-Schwänze, die ich bisher gesehen habe – waren gar nichts im Vergleich dazu.

„Passiert ständig", presse ich hervor, während sich meine Brustwarzen zu straffen Spitzen verhärten. „Ähm, Schlägereien, meine ich."

Manus Schwanz ist bereits prall und unter meinem Blick wird er noch härter. Er selbst kriegt auch nicht mehr viel um uns herum mit. Ich versuche, meinen Blick von ihm zu lösen, aber ich bin wie hypnotisiert, während er zu seiner prächtigen Höchstform aufläuft.

Er gluckst verhalten. „Tut mir leid. Ich weiß, wir haben uns gerade erst kennengelernt, aber das ist es, was du bei mir auslöst, kleines Menschenweibchen."

Die Hitze steigt mir in die Wangen auf und mein Blut gerät in meinen Adern in Wallungen. Ich beiße mir auf die Lippe und blicke zu ihm auf, um endlich meine Stielaugen einzufahren, die sich auf seine Männlichkeit fixiert haben. Was soll ein Mädchen denn tun, wenn es einen so köstlichen Schwanz am Stiel, ein sagenhaftes Exemplar der ultimativen Männlichkeit, präsentiert kriegt?

Manu kommt näher und fährt mit den Händen an meinen Armen entlang nach unten. Ein erregtes Kribbeln schießt mir in den Bauch.

Wir flirten. Wir flirten nur.

Das ist alles nur Spaß.

„Du bist mir also wie ein Prinz in strahlender Rüstung zur Hilfe geeilt", murmle ich. „Moment mal, … eigentlich heißt es Ritter in strahlender Rüstung."

Manu gluckst wieder und der Klang seiner Stimme schickt mir einen Schauer über die Wirbelsäule, die perfekte Kombination aus tief und sanft. „Ja, das bin ich wohl irgendwie. Aber ohne Rüstung. Nur im Adamskostüm."

Und was für ein tolles Adamskostüm es ist. Seine Handflächen sind groß und rau, fühlen sich warm an auf meiner Haut. Er drückt meine Hände. Die Muskeln an seiner Brust spielen verlockend vor mir.

Ein elektrisierendes Zucken schießt in mein Innerstes.

„Also, Prinz Manu, was hast du heute Abend noch vor? Mehr holde Jungfern vor der drohenden Gefahr retten?"

„Nee. Keine Jungfern für mich … Das habe ich dir schon in meinem Schlafzimmer gesagt."

„Nun, du sprichst mit mir. Bin ich nicht eine holde Jungfer?", ziehe ich ihn auf.

„Das bist du." Er lacht. „Aber ich habe das Gefühl, du bist die Art von Jungfer, die nicht gerettet werden muss."

Ich schaue zu ihm auf. „Bin mir nicht ganz sicher, wie ich das auffassen soll, aber ich sage einfach Danke, Sir Prinz."

Ein Schwebetaxi kommt kreischend hinter uns zum Stehen, aber ich ignoriere es – und Manu auch.

Er hebt mein Kinn und gleitet dann mit seinem Daumen über meine Unterlippe. Sein Duft umhüllt mich und er riecht gut. *So* gut.

Und dann küsst er mich. Seine Zunge streift über meine Unterlippe und ich öffne meinen Mund, um ihn einzulassen. Unsere Zungen tanzen miteinander und meine reibt sich an einer Reihe köstlicher, rauer Erhebungen.

„Mmm …", murmle ich zwischen zwei Küssen. „Deine Zunge!"

Er gibt mir noch ein wenig mehr von der rauen, kribbelnden Köstlichkeit, zieht sich dann aber zurück, als ein weiteres Schwebetaxi sich piepsend nähert.

Meine Wangen glühen und in meinem Bauch flattert es wie wild. Feuchtigkeit sammelt sich zwischen meinen Beinen und als ich nach unten sehe, ist sein Schwanz noch größer als vorher.

„Ich sollte dich nicht so küssen", sagt Manu, auch wenn es uns beiden offensichtlich überhaupt nichts ausmacht.

„Ich sollte gehen", murmle ich und bedeute dem Taxi zu warten, obwohl ich eigentlich gar nicht hier wegmöchte.

Ich möchte Manu die ganze Nacht wie ein Pony reiten. Sogar noch länger.

Die Lust lodert in Manus Augen und ich merke, dass er mit mir kommen möchte. Er küsst mich wieder, diesmal langsam und spielerisch. Als wir uns diesmal voneinander lösen, umspielt ein Hauch seines typisch spitzbübischen Grinsens seine Mundwinkel.

„Komm", sagt er, seine Stimme kehlig vor Verlangen. Er steckt mich in das Schwebetaxi. „Funk mich an, wenn du im Palast bist. Ich will sicher sein, dass du gut nach Hause kommst."

Ich bin geneigt, ihn zu mir in das Taxi zu ziehen. Ihn mit in mein Zimmer zu nehmen.

Aber ich habe keine Zeit für sowas. Ich habe einen Job zu erledigen. Eine Mission zu erfüllen.

Dann schließt sich die Tür des Taxis zischend und wir rasen davon und lassen Manu – und alle meine Fantasien über ihn – sicher zurück.

ACHTES KAPITEL

MANU

Raygaars schäbige Putz-Bots rasseln und klappern nach Ladenschluss durch die Bar und sammeln alle Trümmer auf. Sie sind nicht so gebaut, dass sie Tieren ähneln wie die Hightech-Bots im Palast; sie bestehen aus den Teilen, die mein Vater herumliegen hatte oder die er sich schnorren konnte.

Ein rostiger Droiden-artiger Bot verliert einen seiner Arme – er kracht mit einem lauten Donnern zu Boden. Der Putz-Bot wirbelt weiter herum und piepst und saugt vor sich hin, ohne zu merken, dass er ein Anhängsel verloren hat.

„Oh. Hmm", sagt Raygaar und geht hinüber, um den Arm aufzuheben. Er bringt ihn schnell wieder an dem Bot an. „Ah. Hier, bitte, Kumpel." Er grinst und schickt den Roboter los, um weiterzuputzen.

„Raygaar, ich werde –"

„Nein."

Also gut. Mein Vater will es nicht hören. Ich wünschte, ich könnte ihm morgen eine Partie der Arachnobots des Palastes schicken, um hier ordentlich durchzuputzen. Sie sind schnittig und effektiv und würden den Job eine Million Mal schneller erledigen als diese Schrottkisten.

Raygaar justiert einen anderen Bot, bis sein metallischer Kopf mit mehrfarbigen Lichtern aufleuchtet. „Ich wusste, dass du immer noch strahlen kannst, Daisy!", ruft er. Das Grinsen meines Vaters ist ansteckend.

Er liebt dieses Zeug. An seinem Spielzeug herumbasteln, Sachen reparieren. Er würde mein Angebot, die Palast-Bots rüberzuschicken, nie annehmen.

Raygaar macht die Dinge gerne auf seine Weise und manchmal ist es einfach sinnlos, mit ihm darüber zu diskutieren.

Ich stelle ein paar Barhocker auf, aber mein Vater deutet mir aufzuhören. „Nein. Du brauchst nicht zu helfen. Hier ist alles unter Kontrolle." Er gestikuliert vage in Richtung der Putz-Bots und der hauseigenen Spaß-Bots, die eifrig herumsausen und aufräumen.

„Außerdem", fährt Raygaar fort und kommt rüber, um mir einen männlichen Schlag auf den Rücken zu verpassen, „hast du heute Abend nichts vor?" Er hebt eine Augenbraue. „Ich habe dich draußen mit diesem reizenden Menschenweibchen reden sehen. Ziehst du in Betracht, sie zu deiner Gefährtin zu machen?"

„Nein. Wir sind nur …"

Freunde? Mehr als Freunde? Hm. Ich weiß gar nicht.

Ich stoße einen Atemzug aus. „Ich fühle mich zu ihr hingezogen, ja, aber ich habe nicht vor, mir eine Gefährtin zu nehmen."

Hingezogen ist allerdings die Untertreibung des Jahres. Sie hat etwas an sich – und ich bin mir nicht sicher, ob es ihr umwerfendes Lächeln oder ihre strahlend feurige Persönlichkeit ist, die sie wie einen Engel aussehen lässt. Vielleicht ist es die Art und Weise, wie sie diesen Schlägern die Stirn geboten hat. Was auch immer es ist, mein Schwanz ist im Bruchteil einer Sekunde startklar.

„Du hast also nicht vor, sie wiederzusehen?"

Ich zucke mit den Achseln. „Ich weiß nicht. Wahrscheinlich sollte ich es nicht tun. Ich habe nicht vor, mich mit jemandem zu paaren."

Mit ihr zu flirten ist in Ordnung, aber sie zu ficken nicht. Sie ist ein wertvolles Zuchtweibchen. Ich bin nicht an dieser Art von Verantwortung interessiert und ich will ihr auch nicht alles vermasseln.

Zugegeben – ich hatte meinen Spaß mit den Damen, bevor das Virus seinen Tribut gezollt hat. Und hin und wieder habe ich mit dem einen oder anderen Weibchen anderer Spezies eingelassen, wenn sie nach Xanthara gekommen sind, um Handel zu betreiben oder was auch immer. Aber unser Planet befindet sich jetzt in einer anderen Situation. Keine Partys mehr für mich und kein Herumvögeln mit Weibchen.

Raygaar wirft mir einen seltsamen Blick zu. „Weißt du, wenn dein Drache eine Gefährtin auswählt, hast du vielleicht keine Wahl."

Ich hebe meine Augenbrauen. *Scheiß drauf, was mein Drache denkt. Er hat hier nichts zu sagen.*

„So war es bei mir und deiner Mutter", fährt er fort. „Mein Drache hat sie auserwählt … und ihrer wählte mich, obwohl sie bereits mit dem König verheiratet war. Ich lieferte meinen *Rakija* in den Palast und da sahen wir uns. Es war reine, unverdünnte Lust auf den ersten Blick. Unsere primitiven Instinkte übernahmen die Kontrolle. Wir konnten nicht ohne den anderen sein und schon bald kam sie hierher, in meinen Bungalow."

„Ich weiß, ich weiß. Die Geschichte hast du mir bereits erzählt." Wahrscheinlich eine Million Mal.

Raygaar spricht weiter, als hätte er mich nicht gehört.

„Wir wussten, dass das, was wir taten, unter den gegebenen Umständen nicht richtig war, aber wir waren füreinander bestimmt. Dieses intensive, instinktive Bedürfnis nacheinander verwandelte sich in eine Liebe, die so stark war, dass nichts sie brechen konnte."

„Tja, verdammt. Und dann kam ich, was?" Meine Stimme klingt bissig und ich bereue es sofort, als mein Vater schmerzerfüllt sein Gesicht verzieht. „Es tut mir leid. Das war ..."

„Es ist schon in Ordnung."

Ich stoße einen weiteren gewaltigen Atemzug aus. Das Gewicht der Schuld lastet auf mir, schwer und lähmend. Raygaar ist mein Vater – mein richtiger Vater –, aber der König ist derjenige, der mich aufgezogen hat. Als ich geboren wurde, dachte der König, ich wäre sein Kind.

Und das tut er immer noch. Und wie kann ich ihn auch nicht auch als meinen Vater betrachten?

Wenn er die wahre Geschichte kennen würde, würde ihn das brechen.

Aber eine Lüge zu leben, bricht *mich*.

Ich sehe den Augenblick der Wahrheit immer noch kristallklar vor mir – ich kann mich daran erinnern, als wäre es gestern gewesen. Es war mein achtzehnter Geburtstag. Das Timex meiner Mutter war eingetroffen – ein Dokument mit Selbstzerstörungsfunktion, das sie bei meiner Geburt geschrieben hatte, damit ich es achtzehn Jahre später öffnen konnte. Das Dokument schimmert deutlich in meiner Erinnerung und sein Inhalt erscheint noch viel deutlicher vor meinem inneren Auge.

Ihre Untreue. Ihre Entscheidung, das Geheimnis zu wahren und zum Wohle von Xanthara beim König zu bleiben.

Die Identität meines leiblichen Vaters.

Obwohl ich nie mit ihm gesprochen hatte, war Raygaar für mich kein völlig Fremder, da ich ihn manchmal sah, wenn er *Rakija* in den Palast lieferte. Zuerst wollte ich es nicht glauben. Aber unsere Gesichtszüge waren so ähnlich, … das Haar, … die Augen, … und die wenigen Male, die wir Augenkontakt hatten, war es, als ob wir in einen Spiegel starrten.

Ich konnte es nicht länger leugnen. Raygaar *war* wirklich mein Vater. Schließlich kontaktierte ich ihn und er war überrascht …

Und glücklich.

Wir hatten eine Art Beziehung entwickelt und ich begann ihn in seinem Bungalow zu besuchen. Er brachte mir bei, wie man an Dingen herumschraubte, und wir verbrachten Stunden damit, Bots und Motoren und Turbo-Triebwerke zu bauen.

Und dann hatte er mir das goldene Ei geschenkt.

Ja. Das goldene Ei von Atlantis. Meine Mutter hatte es ihm einst als Symbol ihrer Liebe geschenkt, aber Vater hatte sich nie wohlgefühlt, es zu besitzen.

Es ist zu wertvoll, sagte er. *Bitte finde einen sicheren Platz dafür.*

Das tat ich und ich habe es bis heute verborgen gehalten. Offenbar sind sogar königliche Bastarde für etwas gut, nicht wahr? Aber das bedeutet immer noch nicht, dass ich mich mit irgendjemandem paaren und Kinder mit einem zwielichtigen Stammbaum in die Welt setzen sollte.

Kinder wie mich.

Raygaar beobachtet mich erwartungsvoll, aber ich zucke nur mit den Achseln. „Mein Drache hat nicht das Sagen", sage ich. „Ich schon."

Mein Drache grummelt tief in mir, verärgert über meinen Kommentar, aber ich ignoriere ihn.

Raygaar schüttelt den Kopf. „Nein, du verstehst nicht. Wenn dein Drache eine Gefährtin auswählt, … ist es nicht möglich, dich von diesem Wesen fernzuhalten. Du hast keine

Wahl mehr. Das passiert nicht jedem, aber wenn es passiert
…"

„Mach dir keine Sorgen. Ich lasse mich nicht in diese
Liebe-auf-den-ersten-Blick-Sache hineinziehen", versichere
ich ihm, wobei mein Blick über die Bots wandert, die immer
noch damit beschäftigt sind, das Glas der zerbrochenen Fens-
terscheiben aufzukehren. „Wie auch immer, morgen schicke
ich dir einen Satz neuer Fenster. Bruchsicheres Glas. Ich
werde dafür sorgen, dass sie gleich eingebaut werden."
Raygaar sieht aus, als wolle er protestieren, aber ich habe es
satt, bei solchen Dingen auf ihn zu hören. „Sag einfach
nichts. Betrachte es als erledigt."

KAPITEL NEUN

MANU

Es ist spät – wirklich sehr spät –, aber ich möchte trotzdem sichergehen, dass Piper gut nach Hause gekommen ist. Sie hat mich nie angefunkt. Ich lehne mich in meinem Schwebestuhl zurück, lege meine Beine hoch und tippe auf die Schnittstelle meines Tele-Armbands.

Es brummt ein paar Mal und gerade als ich denke, dass sie wohl schon schläft, antwortet sie. Ihr Hologramm taucht vor mir auf.

Sie liegt im Bett, die Decke bis zum Kinn hochgezogen, ihre wilde rote Mähne über das Kissen drapiert. Ihre Augen und ihre Nase ziehen sich ein wenig zusammen, als sie grinst.

Es ist niedlich.

„Hallo", sagt sie und ihr Lächeln wird breiter. Auch wenn es Nacht ist, ist sie wie ein Sonnenstrahl, der ins Zimmer scheint.

Ihr Gesicht ist errötet und sie zwinkert mir verschmitzt zu. Nicht nur süß, auch noch sexy. Als hätte ich sie dabei erwischt, wie sie etwas Unanständiges getan hat.

Fuck. Mein Schwanz regt sich in meiner Hose.

War sie ...? Hmm. Der Gedanke, dass sie es sich gerade selbst gemacht hat, hilft bei meiner Erregung überhaupt nicht.

Mein Drache poltert in mir. Ja, er ist auch ein Fan von diesem Mädchen. Von ihr, von sexy Berührungen, er steht auf das volle Programm.

„Hey", sage ich ein wenig schüchtern und zwinge meine sich anbahnende Erektion, sich zu beruhigen. „Ich wollte sichergehen, dass du gut nach Hause gekommen bist. Ich hätte dich wohl nicht küssen sollen. Ich habe mich ein wenig, ... äh, ... mitreißen lassen."

„Ich bin gut zurückgekommen, danke." Noch ein schelmischer Blick, während sie ihre Decke ein wenig zurechtrückt. „Und ich habe kein Problem mit dem Kuss. Ich weiß, dass er nichts bedeutet hat."

Sie zieht die Decke ein wenig tiefer und wickelt sie dann wie ein flauschiges weißes Röhrenoberteil um sich herum. Ich erkenne ihr Schlüsselbein und den Ansatz ihrer Brüste. Ihre cremig blasse Haut akzentuiert ihr wunderschönes Dekolleté. Sie spielt mit mir. Ich verkneife mir ein Stöhnen und greife nach einem Kissen, das ich über meine Männlichkeit legen kann.

Sie lacht. „Schon gut. Ich habe dich schon nackt gesehen und spitz wie Nachbars Lumpi."

Das freche Grinsen auf ihrem Gesicht sagt mir, dass es ihr auch nichts ausmacht, dass sie die Ursache dafür ist. *Kleines Luder.* Und sie hat recht – ich weiß nicht, warum ich überhaupt erst versucht habe, meine Erregung zu verbergen. Sie hat mich schließlich schon in diesem Zustand gesehen.

Ich werfe das Kissen auf den Boden und fahre mit meiner Hand lässig über meine unfassbar harte Länge, bevor ich darüber nachdenke, was ich da gerade tue. *Fuck! Was mache ich hier?*

Normalerweise habe ich mich besser im Griff, wirklich.

Normalerweise verhalte ich mich nicht wie ein vorpubertärer Junge, der sich sein erstes Nackt-Hologramm ansieht. Aber irgendetwas an ihr entfacht ein Feuer in mir – mein Drache bäumt sich unter meiner Haut auf. Sie hat ihn scharf gemacht und er heizt mir gehörig ein, bettelt förmlich darum, dass ich ihn entfessle.

Nein. Das wird nicht passieren. Dieses Mädchen ist nicht zum Ficken da.

Ich fahre mir mit den Händen durch meine Haare. „Okay. Genug davon. Ich verspreche, dass ich mich vor dir nicht noch einmal streicheln werde."

„Es macht mir nichts aus." Ihre Wangen färben sich in einem noch dunkleren Rot und sie beißt sich auf die Unterlippe. „Kurz bevor du mich angefunkt hast, habe ich ..." Sie verstummt und lässt die Hand, die auf ihren Oberschenkeln ruht, etwas näher an das V zwischen ihren Beinen gleiten. „Das Gleiche gemacht. Mit mir selbst, meine ich." Noch röter kann sie kaum noch anlaufen, während sie lacht, und der Klang davon ist eine Mischung aus Unschuld und verspieltem Betthäschen.

Heilige Scheiße. Gleich explodiere ich.

Ihre Finger scheinen über die Bettdecke zu tanzen, während sie sie zwischen ihre Schenkel schiebt. Sie reibt langsam in einer kreisenden Bewegung. „Willst du zusehen?"

„Ja", sage ich mit einem kaum hörbaren Knurren.

Muss sie überhaupt fragen?

KAPITEL ZEHN

*I*ch habe keine Ahnung, was über mich gekommen ist. Ich liege in meinem Bett und mache es mir selbst vor den Augen eines Typen, den ich kaum kenne.

Böses Mädchen, Piper.

Ich streiche mich wieder durch die Decke hindurch. Noch ein gemächlicher Kreis. Dann noch einer, während Manu wartet.

Ich sollte das nicht tun … Dieses Spielen, dieses Necken. Ich sollte all meine Anstrengungen darauf konzentrieren, das goldene Ei zu finden, mich auf die Tour heute Abend vorzubereiten, und nicht an meiner Perle rubbeln, während Manu auch noch zusieht.

Aber die Lust strömt durch meine Adern und das Verlangen zwischen meinen Beinen ist so köstlich wild und ungezähmt. Die Vorfreude kribbelt mir über meine Wirbelsäule hinunter. Ich hatte noch nie Holo-Sex mit jemandem, aber ich stehe schon jetzt darauf.

Es ist neu. anders. Ein sexuelles Abenteuer, das ich noch nie erforscht habe.

Das Beste daran ist, dass keine Verpflichtungen damit

einhergehen. Außerdem … ist Manu auf der anderen Seite des Palastes. Er schaut nur zu.

Eine weitere Welle der Erregung durchströmt mich. Ich werfe die Decke auf den Boden und mit ihr all meine Hemmungen.

Manus Augen sind wild vor Verlangen. Ich knie, stütze mich mit meinen Fußballen ab und halte meine Knie geschlossen. Nicht alles von mir, noch nicht.

Ich schenke ihm das laszivste Lächeln, das ich aufbringen kann.

Mein Haar fällt über meine Brust und lässt meine rosa Nippel durchschimmern. Ich mache mir nicht die Mühe, es aus dem Weg zu fegen – ich mag diesen Stil, der Raum für Interpretation lässt. Ich fasse mir an meine Brüste und streichle sie leicht. Meine Brustwarzen sind bereits straff und schmerzen.

Ich kneife sie. Ziehe daran. Ein kleines Keuchen entweicht meinen Lippen, als der Lustschmerz bis in mein Innerstes vordringt. Nässe sammelt sich zwischen meinen Beinen.

Verdammt. Ich tropfe schon.

„Gefällt dir, was du siehst?", necke ich ihn.

„Du bist verdammt schön", knurrt Manu. Er fährt sich mit einer Hand durch seine Haare und sein hungriger Blick verschlingt meinen schlanken Körper. Die riesige Wölbung in seiner Hose heizt mich noch weiter auf.

Ich streichle wieder meine Brüste und lache. Das macht Spaß, richtig viel Spaß. Der kleine Teufel auf meiner Schulter schubst den Engel beiseite und ruft laut ‚Hurra!', während ich noch selbstbewusster werde.

Meine nackte Haut kribbelt vor Erregung. Ich schwinge meine Hüften, gleite mit den Fingern meinen Bauch hinunter. Ich liebe diese kleine Nummer, die ich für ihn abziehe …

Und er liebt sie auch.

Er grinst und lässt seine Hand auf seiner angespannten Erektion ruhen. Durch den Stoff seiner Hose hindurch reibt er sich an seinem Gemächt.

Ich fasse mir zwischen meine Oberschenkel. Ein langsames Kreisen über meine Klitoris, bevor ich in meine feuchte Muschi eintauche. Ich bin klatschnass und mein Finger ist es auch, als ich ihn glitzernd nass wieder herausziehe.

„Alles. Ich will alles von dir sehen." In Manus Worten schwingt eine Rauheit mit, ein sehnsüchtiges Verlangen. Er pumpt seine Länge.

Ich senke mich auf die Kissen und spreize meine Beine, damit er mich sehen kann. Alles von mir. Meine Fingerspitzen spielen über meine Muschi, berühren und streicheln sie leicht. Ich tauche durch meine Falten, lasse meinen Kopf zurückfallen und meine andere Hand meine linke Brustwarze liebkosen.

Ein Glücksgefühl umgibt mich. Hitze lodert in meiner Mitte. Es fühlt sich alles so gut an, diese Berührung, ... dass er *zusieht* ...

Ihm zu zeigen, wie ich mich selbst verwöhne, weil ich weiß, dass es ihn in den Wahnsinn treibt.

Ich bin ihm völlig ausgeliefert, aber es ist so herrlich unanständig. Sein heißer Blick versengt jeden Zentimeter meiner glitzernden Falten, bringt jeden Tropfen der Erregung auf meinen Oberschenkeln zum Verdunsten. So dekadent.

So unfassbar sexy.

Sein Gesichtsausdruck spricht Bände über die Folter, die er gerade ertragen muss.

„Du auch", keuche ich. „Ich will dich sehen."

Im Bruchteil einer Sekunde hat er seinen Schwanz rausgeholt. Ich habe ihn schon einmal gesehen, aber etwas daran, dass er das Holo vor mir füllt, lässt mich innehalten.

Es ist wirklich ein fabelhafter Schwanz. Erhebungen in Hülle und Fülle und schöne, pralle Adern.

Er wichst seine riesige Länge. „Gefällt dir, was *du* siehst?" Jetzt neckt er mich, aber das stört mich nicht im Geringsten.

„Mmhhhmm."

Ich reibe meine Klitoris, anfangs langsam. Dann etwas schneller. Es ist das perfekte Tempo für mich und ich spreize meine Beine kühn noch weiter und habe das Bedürfnis, ihm genau zu zeigen, wie es mir gefällt.

„Fick dich selbst. Mit den Fingern", knurrt er.

Ich lasse einen in meine nasse Wärme gleiten, bewege ihn langsam hinein und heraus. Er stöhnt, wichst sich weiter. Ich füge noch einen hinzu und stöhne – das Geräusch erfüllt den ganzen Raum. Meine Finger fühlen sich wundervoll an, aber das ist nichts im Vergleich dazu, wie ich mich fühlen würde, wenn mich dieser riesige xantharianische Schwanz ausfüllen würde.

„Härter." Manus Stimme sagt mir, dass er kurz davor ist, und ich bin es auch.

Ich schiebe meine Finger hinein und heraus und meine Handfläche reibt sich köstlich an meiner Klitoris. Mein Stöhnen wird heftiger …

Und dann bricht die pure Glückseligkeit über mich herein. Oder vielleicht kracht sie sogar in mich hinein.

Ich weiß es nicht.

Ich schwebe auf den Wellen meines Orgasmus und folge ihm, wohin er mich führen will.

Das Holo flackert durch meine halb geschlossenen Lider. Manu pumpt weiter, aber nicht mehr lange. Er stöhnt, beginnt zu beben, und mit einer wunderschönen Explosion spritzt sein blaues Sperma über seine Finger und seinen Schoß.

Er starrt auf die Sauerei, die er angerichtet hat. „Tja."

„Wow", sage ich keuchend und arbeite daran, meine Atmung zu normalisieren. „Es glitzert."

Manu grinst. „Ja. Was soll ich sagen? Ich habe Glitzersperma."

Wir lachen beide. Ich setze mich auf das Bett, mache mir aber nicht einmal die Mühe, die Decke über mich zu ziehen. Manu hat jetzt alles von mir gesehen.

Und es macht mir überhaupt nichts aus. Tatsächlich gefällt es mir besser, als es sollte.

KAPITEL ELF

PIPER

’Pring steht auf ihrem Podium und spricht mit der Klasse, aber ich höre ihr überhaupt nicht richtig zu.

Meine Gedanken sind zu der Suche nach dem Artefakt von gestern Abend zurückgewandert. Endlose Stapel antiker Münzen wirbeln in meinem Kopf umher. So viele schimmernde Juwelen. Ecken und Winkel, die Reichtümer jenseits all meiner kühnsten Fantasien beherbergen – die fabelhaftesten Drachenplünderungen aller Zeiten. Das sind die Schätze, die ich in den Gruften gefunden habe, und natürlich die großen Glassarkophage mit toten Xantharianer-Königen darin.

Aber kein goldenes Ei.

Ekel durchzuckt mich. Grabräuberei ist nicht mein Ding.

Wie leicht wäre es gewesen, einige der Schätze mitzunehmen und mir die Überfahrt von diesem Planeten zu erkaufen? Ein neues Leben weit, weit weg zu beginnen? Aber das könnte ich niemals tun.

Zunächst einmal ist es nicht okay, Tote zu bestehlen. Zweitens muss ich mich auf die ehrenvollste Art und Weise verhalten, die ich kenne, und zwar indem ich nur die eine Sache nehme, für die ich hierhergekommen bin. Ich werde den Kodex befolgen. Ich werde mir meine Anerkennung verdienen. Es richtig machen.

Aber ich habe überall gesucht. Ich möchte kaum die Möglichkeit in Betracht ziehen, dass das Artefakt gar nicht existiert. Vielleicht sind diese Dokumente des Herzogs von Naxia fehlerhaft und es handelt sich wirklich nur um eine Legende?

Die Gesichter von Orgalia und Zanthor und seinen Gangstern tauchen vor meinem inneren Auge auf. Verzweiflung versucht, sich in mir auszubreiten, aber ich verdränge sie. Ich werde meine Freiheit nicht aufgeben, nicht jetzt, wo ich so hart dafür gearbeitet habe. Es gibt noch ein paar weitere Orte auf der Fluxkarte, die ich noch nicht abgesucht habe, und das Wichtigste ist, dass ich weiter an meinen Erfolg glaube.

Ich muss diese Mission bei den Hörnern packen. Bis zum Ende durchhalten.

Vorerst sitze ich für die nächste Stunde in T'Prings Unterricht fest. Ich habe den Entschluss gefasst, mein Bestes zu geben und mich trotz der Angst, die mir im Nacken sitzt, zu entspannen. Ich klappe meine Beine unter mir zusammen und mache es mir auf dem lilafarbenen Kissen, das ich neben das von Mira gelegt habe, so bequem wie möglich. Ich greife nach oben, um ein besonders schmerzhaftes Ziehen in meinem Nacken zu massieren.

Es wäre schön, wenn mich jemand *anderes* massieren würde.

Zum Beispiel ... Prinz Manu.

Der Gedanke sendet ein erregtes Kribbeln in meinen Bauch, eine schöne Abwechslung zu all der Spannung, die mich umgibt. Ich bin so aufgedreht – so unglaublich angespannt – und alles an ihm entspannt mich. Nach unserer Hologrammsitzung gestern Abend war ich selig und zufrieden.

Und scharf auf mehr.

Manu ist sexy und lustig und an einer Partnerin ist er auch nicht interessiert. Ich werde nur für kurze Zeit hier auf diesem Planeten sein – ich *werde* dieses Ei finden, verdammt! – und vielleicht kann er wie eine dieser wunderbaren Massagen sein, das Sahnehäubchen auf der Torte. Warum nicht diesen extra-super-köstlichen Bonus zu meinem Vorteil nutzen?

Wirklich, … warum nicht?

Meine Mission hier erfordert, dass ich gut in Schuss bleibe und mein volles Potenzial ausschöpfe, und wir wollen beide dasselbe. Etwas Zwangloses.

„Warum lächelst du?", flüstert Mira.

„Ach nichts." Ich tue mein Bestes, mir das Grinsen aus dem Gesicht zu wischen, während T'Pring ihre Assistenten herbeiruft. Sie stapfen die Treppe hinauf und postieren sich wie üblich an ihren Flanken.

„In der heutigen Lektion geht es um Kommunikation", erklärt T'Pring lächelnd. „Kommunikation ist der Schlüssel zum Geben und Empfangen sexueller Lust mit curem Partner." Sie deutet auf ihre Assistenten. „Meine Herren, bitte zieht euch aus."

Die xantharianischen Krieger verlieren keine Zeit, sich die Lendenschurze vom Leib zu reißen, und Crexar hat bereits einen beeindruckenden Ständer. Kaan ist dagegen nur halb hart und T'Pring geht zu ihm, spielt mit seinen Eiern und packt seinen Schwanz, um ihn hart zu machen. Crexar knurrt sofort. T'Prings herzförmige Lippen bilden ein kleines O und sie legt ihre anderen beiden Hände auf Crexars Brust, wobei sie ihre Liebkosungen bald nach unten verlagert.

T'Pring tritt zur Seite, während ihre Assistenten sich

selbst pumpen. „Wenn ihr zum ersten Mal eine sexuelle Beziehung mit eurem Gefährten aufnehmt", sagt sie, „werdet ihr euch gegenseitig zeigen wollen, was euch gefällt. Zeigt eurem Gefährten, was euch ein gutes Gefühl verleiht. Bittet ihn, euch zu zeigen, wie er gerne berührt wird!"

Sie holt eine Flasche Gleitmittel hervor und drückt eine gesunde Menge davon auf die Ständer ihrer Assistenten. Sie pumpen weiter, während unsere Trainerin auf Variationen in ihren Techniken hinweist. *Crexar genießt lange Stöße entlang seines gesamten Schafts … Kaan konzentriert sich lieber auf den Bereich in der Nähe seiner Spitze, sein Daumen und Zeigefinger kreisen eng um die Krone …*

Meine Gedanken wandern zum gestrigen Abend zurück, als Manu und ich uns gegenseitig unsere Vorlieben gezeigt haben. Ich habe keinen Zweifel daran, dass wir das ohne allzu viele Erklärungen gemeinsam hinkriegen würden. Ich frage mich, wie er sich zwischen meinen Beinen fühlen würde, um all die Stellen abzulecken, von denen ich ihm gezeigt habe, dass ich gerne berührt werden möchte …

Piper!

Oh! Hat er meinen Namen so gerufen?

Ich bin mir nicht sicher, aber ich versinke noch weiter in die Erinnerungen an letzte Nacht. Die Art, wie er sich selbst berührt hat. Sein blauer, funkelnder Saft, der überall auf seinen Fingern schimmerte …

Piper!

„Hey, äh …" Mira rammt mir ihren Ellenbogen vorsichtig in die Rippen und ich werde ins Hier und Jetzt zurückbefördert. „Prinz Manu ruft nach dir." Sie deutet zum Eingang des Raumes.

Sie hat recht. Da steht Manu, steckt seinen Kopf durch die Tür und trägt ein sexy Lächeln im Gesicht. „Piper, hey!", flüstert er lautstark und winkt mich zu sich hinüber.

Ich freue mich, ihn zu sehen, bin mir aber nicht sicher, ob das ein guter Zeitpunkt ist. „Jetzt *gleich*?", forme ich die Worte mit meinen Lippen.

Manu nickt.

Ich schaue mich im Raum um. Die Hälfte der Mädchen beobachtet immer noch T'Pring und ihre Assistenten, während die andere Hälfte Manu bemerkt hat. T'Prings Blick wandert zur Tür und ein strahlendes Lächeln breitet sich auf ihrem Gesicht aus.

„Oh, Prinz Manu!", ruft sie aus und klatscht begeistert in alle vier Hände gleichzeitig. „Klasse, seht, wer uns mit seiner Anwesenheit beehrt!"

Jetzt sind alle Augen auf Manu gerichtet, dessen Gesichtsausdruck seine Überraschung offenbart.

T'Pring eilt die Stufen ihres Podests hinunter und nimmt Manus Hände in ihre. „Oh, Prinz Manu, bitte komm zu uns! Vielen Dank, dass du hier bist. Ich bin sicher, dass die Mädchen alle sehr froh sind, dass du dir die Zeit nimmst, uns beim Freudentraining zu helfen."

„Oh, ich bin nicht hier, um …" Manus Worte werden übertönt von dem erregten Gemurmel der Frauen.

„Wir lernen heute etwas über sexuelle Kommunikation", fährt T'Pring fort und nickt begeistert.

„Ach ja?" Er sieht zu den beiden Kriegern hinauf, die immer noch ihre Schwänze wichsen. Sein Blick trifft meinen. Ich zucke einfach nur mit den Schultern, nicke und grinse ihn an.

„Aber ja", sagt unsere Trainerin und zieht Manu zu ihrem Podest. „Crexar und Kaan zeigen uns, wie sie sich gerne berühren lassen. Vielleicht – wenn es nicht zu viel verlangt ist – würdest du uns deine Technik zeigen?"

Manu starrt sie an, als hätte sie ihn gerade gebeten, sich vor einem ganzen Raum voller Menschenweibchen einen runterzuholen. Was sie schließlich auch getan hat. „Du willst, dass ich … äh …“ Er deutet in Richtung seiner Kronjuwelen.

„Ja!“ Sie klatscht wieder in die Hände. „Es wäre sehr hilfreich für die Frauen, wenn sie einen anderen Stil, und ganz nebenbei auch noch einen ganz besonderen Leckerbissen, sehen würden, wie ich vermute. Indem sie dir zuschauen, können sie lernen, wie sie ihre neuen Gefährten königlich behandeln können. Klasse, wie seht ihr das?“

Der Raum bricht in begeistertes Kopfnicken aus, es ertönen Ausrufe von *Oh ja, Prinz Manu!* und sogar ein lautes Pfeifen hallt durch den Raum.

„Königliche Behandlung. Ich verstehe.“ Manu stößt einen gewaltigen Atemzug aus. Er wirft einen Blick auf die Tür. „Nun, ich würde wirklich gerne helfen, aber …“

„Prinz Manu, bitte, wir flehen dich an!“ T’Pring zerrt weiter an seinem Arm und er lässt sich nur widerwillig von ihr auf die Plattform führen. Crexar grunzt und bedeutet Manu, sich neben ihn zu stellen. Kaan nickt, als wolle er Manu einen Fistbump geben.

Noch mehr eifrigeres Gemurmel kommt von den Frauen.

„Gut, … in Ordnung“, sagt Manu schließlich. „Wenn du denkst, dass es ihnen beim, äh, … Training hilft.“ Er hält einen Moment inne, sieht mir wieder in die Augen und macht dann damit weiter, seine Hose zu öffnen …

Und da ist es, genau wie ich es in Erinnerung habe, sein schönes blaues Spaßpaket. Er wickelt seine Hand um seine Länge und reibt mit langen, festen Bewegungen darüber.

T’Pring stößt einen Freudenschrei aus und hebt sofort die Unterschiede zwischen Manus Stil und dem ihrer Assistenten hervor. Die Frauen starren ehrfürchtig auf sein Teil. Ich glaube nicht, dass auch nur irgendjemand noch Crexar oder Kaan beachtet.

Ein Anflug von Eifersucht schießt durch mich hindurch

und überrumpelt mich. Warum sollte es mich kümmern, wenn die ganze Klasse Manu zusieht? Aber aus irgendeinem Grund macht es mir etwas aus – ich wünschte, es gäbe nur mich und ihn, wie gestern Abend. Und sonst niemanden.

Er fixiert mich mit seinen Augen.

Er schnippt mit dem Handgelenk, … gleitet mit seiner Hand auf und ab …

Er hat einen seltsamen Gesichtsausdruck, aber ich kann es ihm nicht verübeln. Er steht schließlich auf einer Bühne vor einem Raum voller glotzender Frauen, die ihn anhimmeln. T'Pring spritzt ein wenig Gleitmittel auf seinen Schwanz und das entspannt ihn ein bisschen. Er macht weiter, die Wangen gerötet von der Entschlossenheit, seine königliche Pflicht zu erfüllen.

Ich ignoriere alles um mich herum, einschließlich T'Prings enthusiastischen Kommentaren, und versuche, meine Eifersucht in Schach zu halten. Seine Augen brennen wie Feuer.

Brennen sie nur für mich? Es sollte keine Rolle spielen; das sollte es wirklich nicht.

Ich merke kaum, wie mein Komm-Armband summt.

Zuerst ignoriere ich es, aber es vibriert weiter, laut und eindringlich, bis mehrere Mädchen mich anstarren.

Schließlich schaue ich auf mein Handgelenk hinunter.

Es ist Orgalia.

„Gehst du da ran?", flüstert Mira.

„Nein, nein", sage ich schnell, spreche leise und starre mit Bestürzung auf das Gesicht von Orgalia auf dem Bildschirm. „Es ist meine, äh, … Tante. Die, bei der ich gewohnt habe."

Das Summen hört auf und ich atme erleichtert aus, … bevor sie ein zweites Mal anruft. Orgalias Gesichtszüge starren mich vom Display meines Tele-Armbands aus an. Sie ist die letzte Person, mit der ich reden möchte – und ich möchte auch den Raum nicht verlassen, wo Manu doch gerade der Mittelpunkt dieser wilden, sexy Lektion ist –, aber ich glaube nicht, dass ich dieses Gespräch vermeiden kann.

T'Pring sieht zu mir herüber. „Piper, vielleicht solltest du den Anruf entgegennehmen? Wer immer ich da anruft, scheint sehr daran interessiert, mit dir zu sprechen!"

Ich nicke, erhebe mich widerwillig auf meine Füße, sehe Manu ein letztes Mal an … und mache mich dann auf den Weg hinaus.

Wenn Orgalia etwas will, dann will sie es *jetzt*. Und ich habe das Gefühl, dass es nichts Gutes ist.

SOBALD IM FLUR die Luft rein ist, verstecke ich mich hinter einem großen, tropischen Baum und beantworte den Anruf.

Orgalias Holo taucht auf. Sie grinst höhnisch und verunstaltet damit ihr sonst so wunderschönes Puppengesicht. Ihr rabenschwarzes Haar ist fest zu einer Reihe von Zöpfen gebunden, die sich um ihren Kopf winden, und ihre Stirn ist bereits in Falten gelegt. Die charakteristischen faktischen Stirnhöcker sind bei ihr besonders ausgeprägt – anders als bei mir, wo sie sich aufgrund meines gemischten menschlichen Erbes eher unter meinen Sommersprossen verdeckt halten.

„Und?", fragt sie ohne jegliche Begrüßung. „Hast du es?"

„Noch nicht." Ich spreche leise. „Aber ich bin –"

„Was meinst du mit *noch nicht*?" In den grünen Augen meiner Herrin lodert ein Feuer.

Ich atme tief aus. „Orgalia, ich arbeite daran."

Sie verzieht ihr Gesicht noch weiter. „Das hoffe ich für dich. Du hast nicht mehr viel Zeit, Piper. Wie lange noch, bis ein xantharianischer Krieger dich als sein Zuchtweibchen auswählt?"

„Zwei Wochen", murmle ich. „Pünktlich zur Hochzeit von Prinz Danax. Bis dahin haben wir das Freudentraining abgeschlossen und die Krieger können uns wählen, wenn sie wollen. Sie werden Zugang zu einer Datenbank mit Informationen über uns alle erhalten."

Orgalia schnaubt. „Dann kommst du besser mal in die Gänge. Du willst doch nicht als Gefährtin eines blauen Drachen enden, oder?"

Verdammt. Nein! „Du würdest mich nicht zwingen, hierzubleiben", sage ich und funkle sie an, obwohl ich sie nicht wirklich verärgern will. Meine Stimme bebt vor Wut. „Du hast es versprochen. Du hast gesagt, wenn ich dir das Ei bringe, wirst du meine Markierung vervollständigen. Du wirst mich freilassen."

Ich will nicht länger ihre Sklavin sein, aber ich will auch nicht als Gefährtin irgendeines Xantharianers hier festsitzen. Da käme ich ja vom Regen in die Traufe.

„Das wird deine Strafe sein, wenn du versagst, Piper. Wenn du mir nicht das goldene Ei von Atlantis bringst, werde ich dich auf Xanthara zurücklassen. Dort wirst du für immer bleiben. Und wenn du versuchst zu fliehen, … werde ich dich verfolgen. Und ich werde dich finden. Ich glaube nicht, dass dir die Konsequenzen eines Verstoßes gegen den Kodex gefallen würden."

Fantastisch. Nach Zanthor und seiner Crew, die mir im Nacken sitzt, jetzt auch noch das.

„Finde das Artefakt, Piper." Wut verzerrt ihr Gesicht. „Oder es wird dir leidtun."

Sie unterbricht die Verbindung und ich stehe auf dem leeren Flur inmitten der üppigen Pflanzenwände, die mich umgeben, und den Wassersprinklern, die wie verrückt summen. Ich sacke auf den Boden und atme tief durch.

Ach, Scheiße. Das nervt.

Ich habe überall nach dem Ei gesucht. Bisher habe ich absolut keine Anhaltspunkte gefunden und obwohl ich wünschte, es würde mich kümmern, tut es das tatsächlich nicht.

Meine Sehnsucht nach Freiheit brennt in meinen Adern und noch nie wollte ich etwas mehr. Ich reibe mir mit den Fingern die Schläfen. Starke Kopfschmerzen bahnen sich an und verstärken die Verspannungen in meinem Nacken und meinen Schultern nur noch.

Die großen runden Blätter des Baumes rascheln. Manu schiebt die Äste zur Seite und sein attraktives Gesicht zu sehen, freut mich in diesem Moment mehr, als ich es je für möglich gehalten hätte.

„Piper? Alles okay?"

„Hey", sage ich und spüre, wie meine Stimmung sich sofort bessert. „Mir gehts gut. Ich habe einen Anruf von meiner Tante bekommen und musste ihn annehmen."

Er grinst mich an und dieses unbeschwerte Lächeln entspannt mich noch mehr. Seltsam, wie er das bei mir schafft.

Ich zwinkere ihm zu. „Wie ist der Rest der, ähm, … Sitzung gelaufen?"

„Äh, … gut." Schüchternheit huscht über seine Züge. „Ich, … äh, … bin gekommen. Du weißt schon."

Ich kichere, obwohl ich immer noch seltsam eifersüchtig wegen der ganzen Sache bin. „Ich bin sicher, den Mädchen hat es gefallen."

„Am Ende wurde es ein wenig schmutzig." Manu errötet leicht. „Aber, du weißt schon, … hoffentlich habe ich beim Training geholfen."

„Ich bin sicher, das hast du." Ich lache wieder. „Gute Arbeit bei deinen königlichen Pflichten, Prinz Manu. Denk daran, wie viele glückliche Xantharianer bald das königliche Special genießen werden!"

„Richtig", sagt er grinsend und greift nach meiner Hand, um mich auf die Füße zu ziehen. „Komm mit. Ich muss dir etwas zeigen. Es ist der Grund, warum ich überhaupt auf der Suche nach dir war."

„Oh? Wirklich?" Bei seinen Worten spüre ich, wie sich eine Wärme in meinem Bauch ausbreitet. Ich habe keine Zeit für so etwas, wirklich nicht … Aber irgendwas daran macht mich trotzdem glücklich. Manu ist so unsagbar gelassen. Meine Welt ist im Moment ein wenig durcheinander und Manu ist der Einzige, der mich stabilisiert. Und vielleicht – nur vielleicht – kann ich etwas über das goldene Ei aus ihm herausholen. Ich bezweifle sehr, dass er etwas darüber weiß, aber einen Versuch ist es wert. „Also, wohin gehen wir?"

„Wirst du schon sehen. Du wirst es lieben."

KAPITEL ZWÖLF

„Wow. Verdammt, … wow." Ich weiß nicht, was ich von Manu erwartet habe, aber ich hätte sicher nicht gedacht, dass er mich zum königlichen Fuhrpark bringen würde. Reihen um Reihen von glänzenden Hovercraft-Fahrzeugen in verschiedenen strahlenden und glänzenden Farben warten darauf, dass jemand einsteigt und eine Spritztour mit ihnen macht.

Ich fühle mich fehl am Platz, als ich all die Fahrzeuge der königlichen Familie betrachte. Ich kann mir nicht vorstellen, *ein einziges* Hovercraft zu besitzen, geschweige denn unzählige. „Einige davon gehören dir?"

„Na ja, eigentlich die meisten." Manu scheint sich unwohl zu fühlen. „Ich fing an, sie zu sammeln, und dann wurde es zur Gewohnheit. Eines nach dem anderen. Ich fuhr sie, fuhr Rennen mit ihnen, wurde high von dem Nervenkitzel, aber dann …" Er zuckt mit den Achseln. „Die Begeisterung hielt nicht lange an. Es ist lange her, dass ich in einem gesessen bin."

„Sie sind schick." Ich zwinkere ihm zu.

„Das sind sie." Er lacht. „Aber warte, bis ich dir meinen Liebling zeige."

Seinen Liebling? Ja. Sieht aus, als hätte er noch eines gekauft, eines, das ihm noch besser gefällt.

Ich kann meine Augen nicht von Manus Gesicht abwenden, als er mich um eine weitere Kurve zu einer weiteren Reihe von schicken Fahrzeugen führt. Er ist wie ein Kind im Süßwarenladen, dem beinahe die Augen herausfallen.

Seine Aufregung ist ansteckend und es ist schwer, sich nicht von seiner positiven Energie mitreißen zu lassen, aber ich habe auch nicht viel Zeit zu erübrigen. Ich muss diese Gelegenheit nutzen, um etwas über das Ei zu erfahren, um zu sehen, was Manu darüber weiß.

Stell dich klug an. Vermassle es nicht.

„Manu …", fange ich an und wähle meine Worte sorgfältig, aber dann mache ich den Mund zu. Wie spreche ich es an? Was soll ich sagen? Ich kann nicht einfach damit herausplatzen – das wäre dumm. Er würde sofort Verdacht schöpfen.

„Hier ist sie."

All die halbfertigen Fragen, die mir auf der Zunge liegen, lösen sich plötzlich in Luft auf. Das Fahrzeug vor mir ist ein Hovercraft, aber es ist …

Anders.

Nicht, was ich erwartet hatte.

Es ist rot und glänzend, aber seine Form und sein Stil sind so unglaublich einzigartig, als ob ältere Fahrzeuge ausgeschlachtet und die Einzelteile in diesem Gefährt neu zusammengebaut wurden, um etwas wirklich Neues und Einzigartiges zu schaffen.

„Ihr Name ist Aegina", sagt Manu. „Kurz: Gina. Ich habe sie nach meiner Mutter benannt." Er fährt mit der Hand liebevoll über die Motorhaube. „Seit meiner Kindheit faszinieren mich die Bilder der alten Sportwagen des Planeten Erde, die es dort vor Jahrhunderten gab. Ihre gesamte Karosserie ist aus antiken Ferrari-Teilen gebaut. Das einzig Neue an ihr ist die Technik."

„Und das hast du alles selbst gemacht?"

„Ja, ich habe sie von Grund auf neu erschaffen. Ich habe jahrelang an ihr gearbeitet, habe Scouts losgeschickt, um auf der Erde nach Teilen zu suchen, und sie mir schicken lassen. Es war ganz schön viel Arbeit – aber sie hat sich gelohnt. Heute Morgen habe ich sie endlich vollendet." Er hält inne und grinst. „Du bist die erste Person, die sie sieht."

„Sie ist großartig, Manu."

Er sieht mir in die Augen und in seinem Blickt herrscht nicht nur Aufregung, er scheint auch Blut geleckt zu haben. Genauso hat er mich gestern Abend und erst vor ein paar Minuten beim Freudentraining angesehen. Sehnsüchtig, begierig und wie das wilde Tier, das in seinem Inneren tobt.

Ich werde feucht zwischen meinen Oberschenkeln. Ich will ihn – auf jede erdenkliche Art und Weise. Ich möchte meine Beine auf der Motorhaube seines Hovercrafts um ihn wickeln. Mit meinem Hintern wackeln, bevor er mir auf dem Rücksitz den Hintern versohlt. Ihn reiten, während er in dem weichen Sitz versinkt.

Ich beiße mir auf die Lippe und lasse meine Fantasien kreisen, während meine Nippel hart werden und mein Höschen nass.

„Vielleicht sollten wir Gina einreiten?", necke ich ihn, springe kühn auf die Motorhaube und rutsche auf meinen Hintern rückwärts. Der Stoff meines roten Kleides sammelt sich an meiner Taille und verbirgt geradeso das bisschen Spitze, das ich darunter trage. Ich schaue ihn kokett von unten herauf an und der Blick in seinen Augen, der ‚Ich will dich ficken' schreit, schickt mir eine weitere Welle der Vorfreude über den Rücken hinunter.

Er drückt meine Beine sanft auseinander und drängt sich dazwischen. Seine muskulösen Oberschenkel sind wuchtig – wie der Rest von ihm – und ich lege meine Beine um sie herum.

Er ist hart. So hart.

Sein Paket wölbt sich unter seiner Hose. Er packt mich an den Hüften, um mich näher heranzuziehen, und reibt sich an mir. Langsam. Genüsslich. Der Stoff seiner Hose gleitet über die Spitze meines Höschens und die Wildheit dieser Bewegung fühlt sich gut an. Visionen von Drachen, die meine Unterwäsche in Flammen aufgehen lassen, tanzen durch meine Gedanken.

„Woran hattest du dabei gedacht?" Seine Stimme klingt heiß und wild, so sehr begehrt er mich.

Ich wickle meine Hände um seine muskulösen Arme. „Dich", sage ich unverschämt, während mir die Lust all meine Gedanken vernebelt. „Ich will dich."

„Hmm. Da spricht wohl ein böses Mädchen. Das gefällt mir."

„Ja? Nun, vielleicht bist du ein böser Drache."

Er bewegt seine Hüften, … reibt seine fantastische Härte an mir, … und trifft die perfekte Stelle an meiner Klitoris. Das Verlangen nach ihm baut sich weiter in mir auf.

„Manu", hauche ich. Die Erhebungen auf seinen Wangen sind so dicht vor mir und sie sind so verdammt sexy. Alles an ihm ist einfach köstlich und ich wünsche mir nichts sehnlicher, als ihn in mir zu spüren.

Er reibt sich wieder an mir. Und dann noch einmal. Ich schaue auf mein Höschen hinunter und es ist schon klatschnass. Er stöhnt, das Geräusch tief und animalisch in seiner Kehle.

„Ich möchte, dass du …“ Ich drücke meine Hüften nach vorne und nähere mich langsam meinem Orgasmus.

„Dass ich dich ficke? Dass ich dich gleich hier und jetzt nehme?“

„Ja“, presse ich hervor, als meine Befreiung mich überwältigt. Sie bebt durch meinen Körper und ich reite jede ihrer Wellen aus und klammere mich an Manus Arme, um nicht die Kontrolle zu verlieren.

In seinen Augen lodert ein leidenschaftliches Feuer und für eine Sekunde glaube ich, dass er mich küssen wird. „Es gibt nichts, was ich lieber täte, als dich zu ficken“, knurrt er und drückt einen Finger an mein durchnässtes Höschen. „Oder deine Muschi zu lecken und alles an dir zu schmecken.“

Ich zittere von den Nachbeben meines Orgasmus, während ich ihn ansehe. Mein Herz hämmert. Ich greife nach unten, um seine Erektion in die Hand zu nehmen, und er atmet tief aus und schließt für eine Sekunde die Augen. Die Qualen der Leidenschaft huschen über sein Gesicht.

Aber als ich an seiner Hose ziehe, legt er seine riesige Hand auf meine. Er bewegt sie von seiner Erektion weg und hält sie fest.

„Piper“, sagt er, seine Stimme tief und kehlig. „Und was dann?“

„Und dann, na ja …“ Meine Atmung ist schwer. Ich will ihn immer noch, verspüre immer noch den Drang, ihn zu bespringen und ihn in die Besinnungslosigkeit zu ficken.

„Ich kann dir nichts weiter anbieten“, sagt er. Er weicht von mir zurück und drückt langsam meine Beine zusammen, sodass sich meine Knie berühren. Dann zieht er meinen Rock herunter. „Ich nehme mir keine Gefährtin. Ich habe nicht vor, mich zu paaren. Aber dafür bist du doch auf Xanthara, nicht wahr?“

Nun, ... neiiiiiiin. Ich bin hier wegen des goldenen Arte-fakts, du Hengst. Aber du hast auch mein Blut in Wallungen gebracht.

Aber das kann ich ihm nicht sagen. Ich setze mich auf und sage einfach nichts.

„Aber ich will dich. Das tue ich, Piper." Er grinst und gestikuliert zu seinem noch immer unerbittlich harten Schwanz. „Siehst du?"

„Hmmm, ... ja." Ich kann mir ein Kichern nicht verknei-fen. Er sieht aus, als würde er gleich platzen, aber ... ich habe ihm meine Hilfe angeboten.

„Wenn du das also wirklich machen willst, läuft das völlig zwanglos. Nur zum Spaß. Du und ich, keinerlei Erwartungen."

Ich will den Mund aufmachen, um ihm zu sagen, dass mir diese fabelhafte Idee auch schon gekommen ist, aber er bringt mich zum Schweigen. „Nimm dir ein paar Tage Zeit, um darüber nachzudenken, Piper. Ich will, dass du dir wirklich sicher bist. Ich will dir nicht die Dinge mit einem anderen Xantharianer, der sich für dich interessiert, verderben. Du wirst bald mit deinem Freudentraining fertig sein und dann ist es an der Zeit, dass einer unserer Krieger sich mit dir paart."

Eine Sekunde ist er unglaublich ernst und ich breche in schallendes Gelächter aus. „Okay, Manu. Das klingt gut. Aber ... was werden wir dagegen tun?" Ich zeige auf seinen immer noch unfassbar harten Schwanz.

Er zuckt mit den Achseln und lacht dann auch. „Du musst dich um dein durchnässtes Höschen kümmern und ich mich darum. Komm. Wir machen eine Ausfahrt mit Gina."

„Ich bin die Erste, oder?", zwinkere ich ihm zu.

„Ja. Steig ein, Rotschopf."

Rotschopf. Der Spitzname lässt mir ein glückliches Kribbeln über den Rücken laufen. Bisher hat mir noch nie jemand einen Spitznamen gegeben.

Ich springe auf den Beifahrersitz des Hovercars. Die gesamte Konsole blinkt mit Lichtern, aber alles erscheint mir völlig fremd. Da ist eine Art Rad, Pedale in der Nähe der Füße und eine Reihe anderer seltsamer Instrumente, die ich noch nie zuvor gesehen habe. Manu drückt eine Reihe von Knöpfen und das Fahrzeug erwacht dröhnend zum Leben, das tiefe Brummen Musik in meinen Ohren.

„Gina, bist du bereit?", fragt Manu.

Das Auto schnurrt fröhlich vor sich hin.

Und dann flitzen wir los. Zischen durch die schönen Straßen von Na'Ru. Kristalline Gebäude sausen an uns vorbei, so schnell fahren wir

Manu und ich grinsen einander wieder an. Er ist ganz in seinem Element und ich vertraue ihm. Völlig. Mit keinem anderen würde ich bei diesem Tempo durch die Straßen peitschen.

Die Stunden vergehen wie im Flug. Ich vergesse völlig auf mein durchnässtes Höschen und erst später – lange, nachdem Manu mich abgesetzt hat – merke ich, dass ich auch das goldene Ei vergessen habe.

Ich brauche es und die Zeit wird knapp.

KAPITEL DREIZEHN

MANU

Käpt'n Knallhart hat einen Lauf. Ich schicke den Gedanken an meinen Bruder, während wir in unseren Drachenformen über den Trainingsplatz gleiten. Unter uns geht Kat gekonnt auf einen Soldaten los und demonstriert neue Bewegungsabläufe, während der Rest der Truppe zuschaut. *Wo hat sie das nur gelernt?*

Sie ist faszinierend, knurrt Danax. *Ein Naturtalent im Schwertkampf und die Krieger respektieren sie.* Er gleitet in weiten Kreisen tiefer auf das Trainingsareal hinunter und gibt ein weiteres Grummeln von sich, diesmal klingt es mehr wie ein tiefes, rollendes Summen. Sein Drache ist zufrieden und glücklich. Er platzt fast vor Stolz.

Nun, das ist wunderbar. Seine Paarungszeremonie findet in weniger als zwei Wochen statt. Ich freue mich für meinen Bruder – er hat sich das schon so lange gewünscht.

Eine Gefährtin. Jemanden, mit dem man eine Familie gründen kann.

Ich stürze mich neben ihm hinunter und genieße die Vorstellung. Jetzt teilt Kat die Soldaten zum Üben in Paare ein und sie schenken einander nichts, als sie loslegen. Ihr Schreien und Ächzen liegt in der Luft und mischt sich unter Kats Motivationsrufe.

Kat findet das toll, betone ich.

Das tut sie. Ich bin froh, dass sie die Herausforderung als Ausbilderin unserer Armee angenommen hat. Er taucht tiefer hinab und streift über die kämpfenden Krieger. *Heute zeigt sie ihnen den Umgang mit lassonischem Stahl. In der Früh habe ich eine Bestellung der besten Energieklingen – einer neuen Technologie – in Auftrag gegeben und sie sollten pünktlich für den Bündnisgipfel nächste Woche eintreffen. Die Botschafter haben alle von ihrer Kampfexpertise gehört und sind sehr gespannt auf sie.*

Ich gluckse drachenartig. Es ist schon komisch, dass die Botschafter, die am Bündnisgipfel – einem jährlichen Treffen mit unseren Verbündeten, bei dem es um die Förderung und Pflege von Frieden und Wohlstand geht – teilnehmen, Kats Kampfgeschick erleben wollten.

Als Geste des guten Willens und des Friedens habe ich auch alle Botschafter zur Hochzeit eingeladen, fügt mein Bruder hinzu. *Ich möchte, dass alle anwesend sind, um bei meiner Eheschließung mit Kat zuzusehen.*

Er dreht sich um und wirft mir einen Blick zu, den ich nicht wirklich deuten kann. Seine blauen Augen blinzeln mir für einige Augenblicke zu.

Ach du Scheiße. Jetzt kommts. Danax hat mir bereits einen Vortrag über die Sache mit der Paarung gehalten und ich will den nicht zum milliardsten Mal hören.

Was ist mit dir, Manu? Die Menschenweibchen sind dabei, ihr Freudentraining abzuschließen. Weißt du schon, wen du als deine Gefährtin auserwählen wirst?

Ein Bild von Piper schießt mir sofort durch den Kopf,

aber ich verdränge es. Aus meinem Brustkorb dröhnt ein Knurren, ein wildes, rollendes Geräusch.

Nein. Auf keinen verdammten Fall.

Piper fesselt mich wie schon lange niemand mehr, aber es ist nur Lust. Reine Wollust. Sie und ich sind uns über die Dinge im Klaren. Wenn sie mich haben will, dann gibt es keine Bedingungen.

Ich lege meine Flügel fest an meine Seiten und schraube mich wie ein Korkenzieher durch die Luft. Der Wind bläst mir ins Gesicht und saust über meine Schuppen. Ich tauche in einen Gleitflug ab und lande am Rand des Trainingsgeländes.

Ich versuche nicht, Danax oder die Situation zu ignorieren. Das ist nicht meine Absicht und das war es auch nie.

Aber mein ganzes Leben ist eine Lüge. Ich bin nicht der rechtmäßige Erbe König Aurelians. Ich stolziere herum, als hätte ich den absoluten Anspruch, aber in Wirklichkeit bin ich der königliche Bastard, wie er leibt und lebt.

Ich bin mir nicht sicher, ob Piper mit dem Bastard-Prinzen verheiratet sein möchte.

Danax' lautes Dröhnen donnert über mich hinweg, während ich mich in meine menschliche Form verwandle. Ich mache mir nicht die Mühe, ihm zu antworten, während ich meine Kleider von dem Stapel nehme, den ich am Boden liegengelassen habe, und sie schnell anziehe.

Wie soll ich das meinem Bruder jemals erklären? Er denkt, ich sei ein unverantwortliches Arschloch. Wie soll ich ihm sagen, dass ich nicht der bin, für den er mich hält?

Verdammt. Ich weiß es nicht. Ich schüttle immer noch den Kopf, als ich den Palast betrete und mir meinen Weg durch die Korridore bahne. Vorbei an den Küchen schwenke ich nach links, in Richtung des königlichen Flügels. Ich gehe wohl am besten in meine Gemächer, dusche, kriege meinen Kopf frei.

Ein vertrautes Piepen und Summen hallt durch den Flur.

„Manu, … hey! Warte!"

Ich drehe mich um und sehe Raygaar. Er wird von zwei rollenden Bots begleitet, die einen Handkarren mit *Rakija* ziehen. Mein Vater fängt an zu joggen, um mich einzuholen, und seine Bots piepen wie wild und bleiben mit dem Schnaps zurück.

Scheiße!

Schnell lasse ich meinen Blick durch den Korridor wandern. Die übliche Menge von Palast-Bots fährt umher und ich sehe zwei königliche Wachen, aber sie nicken mir einfach zu, während sie ihren Weg fortsetzen.

Raygaar trägt ein breites Grinsen. „Hey, ich wollte nur diese Ladung *Rakija* vorbeibringen und habe dich gesehen …"

„Raygaar." Meine Stimme ist leise und schroff. Ich richte meinen Körper so aus, dass man im Vorbeigehen nur meinen Rücken sehen kann. „Wir haben das doch schon besprochen. Man darf uns nicht dabei sehen, wie wir miteinander reden, wenn du in den Palast kommst."

Er wirkt enttäuscht. „Ja, stimmt. Okay."

Ich fühle mich sofort schrecklich. Wie gerne würde ich mit meinem Vater hier im Palast herumhängen – aber es ist zu gefährlich für mich. Ich bin ihm wie aus dem Gesicht geschnitten. Allein mit ihm im selben Raum, im selben Korridor, zu stehen, bereitet mir Sorgen.

Ich stoße einen Atemzug aus. „Hör mal, es tut mir leid."

Raygaar zuckt mit den Achseln. „Ist schon in Ordnung."

„Wir sehen uns einfach zu ähnlich. Ich kann nicht …"

„Ja. Ich weiß."

„Ich komme diese Woche noch zu dir in den Bungalow", füge ich hinzu, wobei ich immer noch leise rede und nicht weiß, was ich noch sagen soll, um das zwischen uns wieder in Ordnung zu bringen. „Dann machen wir wieder einen Ausflug zusammen. Das hat neulich Abend echt Spaß gemacht."

„Okay. Großartig."

Mein Vater grinst wieder und ich fühle mich schon besser. Aber jetzt müssen wir aufhören. Mein Blick schweift wieder umher …

Mehr Bots. Ein weiteres Paar königlicher Wachen.

Und zwei Berater.

Scheiße. Mehr Leute, als mir lieb ist. Ich drehe meinen Körper noch weiter in der Hoffnung, dass Raygaar den Hinweis versteht und sich selbst auch wegdreht. Langsam werde ich unruhig. „Hey, ich muss jetzt los …"

Aber mein Vater greift schon auf seinen Handkarren und reicht mir einen kleinen Krug mit dem Alkohol. „Hier. Für dich. Der wird dir schmecken."

„Okay, danke." Ich nehme den Krug von ihm entgegen, dankbar für das Geschenk, wünsche mir aber, dass er sich jetzt auf den Weg macht. „Wir sehen uns bald, ich verspreche —"

„Prinz Manu?"

Oh verdammt.

Ich wende mich der tiefen Stimme zu. Sie gehört Pavel, dem Hauptberater des Königs. Furcht erfüllt mich und ich schlucke hart. „Hallo, Berater." Ich schieße ihm ein leichtes Grinsen zu und gebe mein Bestes, entspannt zu wirken.

Raygaar, verschwinde hier. Geh. Bitte.

Aber mein Vater hantiert immer noch auf seinem Karren herum und sortiert die Schnapsflaschen und Krüge neu. Einer seiner Bots piepst fragend und er tätschelt ihm den Kopf.

„Guten Morgen, mein Prinz", sagt Pavel. „Wie schön,

dich hier zu sehen. Und dich auch, Raygaar. Es ist eine Weile her, seit ich dich das letzte Mal gesehen habe. Hier wegen einer Lieferung, wie ich sehe."

„Eine brandneue Charge", sagt Raygaar stolz. „Unglaublich süffig."

„Ah! Sehr gut", sagt der Berater. Er schaut von mir zu Raygaar und dann wieder zu mir zurück. Seine Augen werden schmal.

Niemand sagt für ein paar Augenblicke etwas, während Pavels stählerne Augen unsere Gesichter mustern.

Ach du Scheiße.

Die Beklemmung vergräbt ihre Krallen in mir und sie sinken tief in mich hinein. Ich sehe zu Raygaar und ich glaube, er versteht endlich die Situation. Es gibt nichts, was er oder ich sagen oder tun können – wenn wir nebeneinander stehen, wirken wir wie Zwillinge.

Die Sekunden vergehen, während ich darauf warte, dass Pavel etwas sagt. Darauf, dass der Hammer fällt.

Aber Pavel nickt Raygaar einfach zu. „Ich werde vor dem Abendessen heute um einen *Rakija* bitten und bis dahin sehnsüchtig darauf warten."

„Ich hoffe, er schmeckt dir", sagt Raygaar schnell. „Weißt du was, warum nimmst du nicht gleich einen mit?" Er schnappt sich einen noch größeren Krug von seinem Karren und versucht, ihn dem Berater zu reichen.

Pavel schüttelt den Kopf. „Nein, nein. Der ist viel zu groß. Vielleicht etwas Kleineres, so wie das, was Prinz Manu hat?"

Er beäugt meinen Krug. *Ach, scheiß drauf.* Wenn er meinen Krug will, kann er ihn haben. Ich schieße ihm noch ein Grinsen zu und drücke ihm den Krug in die Hände.

„Ah. Das ist perfekt. Danke, meine Herren", sagt der Berater. „Guten Tag."

Er geht weg, während ich einen gewaltigen Atemzug ausstoße. Ich schaue meinen Vater an und wir schütteln beide den Kopf.

Das war knapp.

Viel zu knapp.

KAPITEL VIERZEHN

PIPER

Orgalia hat mir beigebracht, wie man kämpft, und sie hat mir auch beigebracht, wie man unbemerkt umherschleicht. Wie man sich in eine Menge einfügt. Sich im Freien bewegt, ohne Aufmerksamkeit auf sich zu lenken.

Hinterhältige Fähigkeiten, wie Orgalia sie immer nennt.

Verdammte hinterhältige Fähigkeiten! Ich meckere vor mich hin, während ich den Korridor hinunter in Richtung des königlichen Flügels gehe.

Ich habe dieses Wort schon immer gehasst. *Hinterhältig.* Es gibt mir das Gefühl, etwas Falsches zu tun, und oft *tue* ich das auch – Orgalias niederträchtige Taten sind nicht immer was für Kleinkriminelle –, aber ich wünschte, sie würde ein anderes Wort dafür verwenden.

Wie *raffiniert*. Oder *brillant*. Oder einfach irgendetwas anderes – aber Orgalias Ziel war es nie, mich groß zu machen. Viel mehr hat sie immer versucht, mich klein zu halten, mich auf meinen Platz zu verweisen.

Mich daran zu erinnern, dass ich ihr gehöre. Dass ich nichts bin als eine schöne, hinterhältige Sklavin.

Meine Hand wandert automatisch zu meinem Nacken, wo

sich mein Tracker-Implantat befindet, und mein Herz zieht sich in meiner Brust zusammen. Zum millionsten Mal wünsche ich mir, ich könnte es mir herausreißen und endlich frei von ihr sein.

Noch nie habe ich mich der Freiheit so fern gefühlt.

Aber ich gebe nicht auf.

Niemals gebe ich auf.

Ich gehe an einem Paar königlicher Wachen vorbei, die in die entgegengesetzte Richtung marschieren, und dann an einem weiteren Paar, … aber niemand schenkt mir sonderlich viel Aufmerksamkeit, so, wie ich es gehofft habe.

Es hilft ungemein, dass ich mich einer Schar von Orang-Utan-Bots angeschlossen habe. Sie rollen vorwärts, tragen Tabletts, auf denen unter Abdeckhauben Teller mit Speisen für das Mittagessen stehen, und ich bewege mich mit ihnen vorwärts. Den Bots scheint es nichts auszumachen, dass ich mich ihrem Gefolge angeschlossen habe, und den königlichen Wachen auch nicht.

Fantastische Soße.

Meine Aufgabe heute ist denkbar einfach: alle meine Schritte zurückzuverfolgen. Ich fange im königlichen Flügel an und es gibt keinen besseren Zeitpunkt dafür als mitten am Tag, wenn niemand damit rechnet, dass hinterhältige Dinge geschehen.

Ein paar weitere Xantharianer kommen auf uns zu, aber statt des purpurfarbenen Gewandes der königlichen Garde tragen diese die würdevolle bräunliche Kleidung der königlichen Berater.

Meine Intuition meldet sich und ich schnappe mir schnell ein Tablett mit Essen von einem meiner primatenähnlichen Gefährten. Es scheint ihn nicht zu stören, denn er plappert und piepst ungestört weiter. Ich halte meinen Blick gerade und bewege mich mit den bummelnden Bots vorwärts, aber ich spüre, wie die Berater auf mich aufmerksam werden.

Das klappt schon. Nur noch eine bisschen länger …

Mach dich klein. Uninteressant. *Hier gibt es nichts zu sehen, Jungs. Ich bin nur ein Mädchen mit Mittagessen.*

Die Berater gehen an uns vorbei … Ich halte den Atem an … Fast geschafft …

Ich höre ihre Schritte nicht mehr.

„Kleiner Mensch!", murrt eine tiefe, fordernde Stimme in meine Richtung. „Wohin gehst du?"

Ich bin klüger, als in Bewegung zu bleiben, wenn ein großer, stämmiger xantharianischer Krieger mit mir spricht. Sie sind oft mürrisch und düster und mögen es nicht, ignoriert zu werden.

Ich schlängle mich an den Bots vorbei aus der Gruppe, während der Rest von ihnen seine Mission fortsetzt, selbst der, der jetzt kein Tablett mehr trägt. Ich werfe den beiden Beratern mein größtes und strahlendes Lächeln zu. Einer von ihnen prüft irritiert sein Tele-Armband, während der andere – der Ungehaltenere – ungeduldig auf meine Erklärung wartet. „Ich helfe, Mahlzeiten auszuliefern", sage ich fröhlich.

Der Berater tauscht einen fragenden Blick mit seinem Begleiter aus. „Mahlzeiten auszuliefern? Das ist keine Aufgabe, die wir bisher von Menschen haben erledigen lassen. Das ist eine Aufgabe, die den Bots vorbehalten ist."

„Oh, das ist Teil des Freudentrainings für uns Menschen", schwärme ich und nicke in Richtung des Tabletts. „Wenn Sie wissen, was ich meine." Ich zwinkere und halte kurz bedeutungsvoll inne und schaue sie kokett mit geneigtem Kopf und großen Augen an.

Kommt schon, ihr weiblichen Waffen, lasst uns diese Jungs beeindrucken.

Ich hoffe, dass sie mich gehen lassen, damit ich meinen Weg fortsetzen kann.

„Und ich sollte wirklich los", fahre ich fort. „Ich will nicht, dass das Essen kalt wird. Das verstößt natürlich gegen die Grundsätze des Freudentrainings."

Dass die beiden Berater einen weiteren Blick austauschen, sagt mir, dass sie *keinen* blassen Schimmer haben, worauf ich mich beziehe, und das ist in Ordnung, da ich mir das alles nur ausdenke.

„Ah", sagt der grimmige Berater. „Das ist … interessant." Er bedeutet dem anderen zu gehen – mit einem kurzen Satz auf Xantharianisch, den ich nicht verstehe.

Nachdem sein Kamerad den Korridor entlangtrampelt, mustert er mich wieder, jetzt aber mit zumindest ein wenig sanfteren Augen. Statt schroff und mürrisch ist er jetzt nur noch schroff. Seine Gesichtszüge deuten auf Interesse hin. „Wie ist dein Name, kleiner Mensch?"

„Piper."

„Es ist mir ein Vergnügen, dich kennenzulernen, Piper. Mein Name ist Pavel." Er verneigt sich vor mir auf eine seltsame, formelle Art. „Ich bin der Hauptberater des Königs."

„Vielen Dank, Berater Pavel." Ich nicke mit dem Kopf und mache einen Knicks. „Und ich sollte wirklich weiter."

„Natürlich. Es tut mir leid, dass ich dich aufgehalten habe." Pavel macht eine Pause. „Weißt du was, wieso begleite ich dich nicht einfach. Wem gehört diese Mahlzeit?"

Hmm. Ehrlich gesagt habe ich keine Ahnung. Das Gericht ist mit einem noblen Glasdeckel bedeckt, aber ich finde daran weder einen Namen noch einen Hinweis darauf, wer es bekommen soll.

Ich platze mit dem ersten Namen heraus, der mir in den Sinn kommt – der Name, der mir in letzter Zeit *oft* in den Sinn gekommen ist. „Sie ist für Prinz Manu."

Der Berater formt seine Lippen zu einer seltsamen dünnen Linie. „Prinz Manu. Ich verstehe."

„Und danke, aber es wird nicht nötig sein, mich zu begleiten", fahre ich fort. „Ich komme allein zurecht."

„Ich bestehe darauf." Pavels Worte verlangen Gehorsam.

Oookay. Ich schätze, das wäre dann wohl geklärt.

Ich nicke und wir gehen schweigend zusammen zu den Gemächern von Manu. Während all dieser Zeit ruht Pavels Hand auf meinem Ellbogen. Er klopft laut.

Die Tür gleitet auf und da ist Manu, der so lecker aussieht wie mein Blaubeer-Schwanz am Stiel von neulich. „Piper, hey …", sagt er grinsend.

Und dann flackert sein Blick zu meinem Begleiter hinüber. Sein Lächeln verblasst. „Berater Pavel. Schön, dich so schnell wiederzusehen."

Der Berater nickt förmlich. „Ebenso, mein Prinz. Welch eine Freude, zweimal an einem Morgen mit dir zu sprechen."

Die beiden Xantharianer beäugen einander für ein paar Augenblicke schweigend. Etwas Seltsames geht zwischen ihnen vor sich, aber ich kann es nicht genau benennen. Schließlich mache ich einen kleinen Knicks. „Dein Mittagessen, Prinz Manu!", murmle ich. „Hauptberater Pavel war so freundlich, mich hierherzubegleiten."

„Mein Mittagessen. Danke." Manus Brauen heben sich belustigt. Er nimmt das Tablett, räuspert sich und spielt mit, obwohl er keine Ahnung hat, was los ist.

„Ich hoffe, es schmeckt dir."

„Das weiß ich zu schätzen, kleiner Mensch."

Pavels stählerner Blick wandert zwischen mir und Manu hin und her, aber er lächelt überhaupt nicht.

Ich bin mir nicht sicher, welche Laus diesem Mann über die Leber gelaufen ist. Ich unterdrücke ein Kichern, sodass es sich wie ein Prusten anhört. Ein paar Minuten später begleitet er mich zurück zu meinem Zimmer, spricht nur ein paar wenige Worte zu mir und ich bemühe mich erst gar nicht, mit ihm zu plaudern. Er nickt schroff, bevor er sich verabschiedet und seinen Weg fortsetzt.

Manu ist so anders als all die anderen Xantharianer, die ich bisher kennengelernt habe, und ich weiß schon jetzt, dass ich ihn so sehr vermissen werde, wenn ich gehe. Und als kurz darauf mein Tele-Armband bei seinem Anruf summt, hellt sich meine Stimmung sofort auf.

„Ich starre hier auf mein Mittagessen", sagt er, „aber ich würde lieber mit dir zusammen essen. Was meinst du? Ich sorge auch für ein Abenteuer." Sein Hologramm zeigt mir ein unwiderstehliches freches Grinsen und damit ist klar, dass ich zusagen werde. „Triff mich in einer halben Stunde auf dem Gartenbalkon."

KAPITEL FÜNFZEHN

PIPER

Sieht so aus, als hätte Manu nicht von einem romantischen Essen zu zweit im Garten gesprochen.

Er wartet schon auf mich, schwebt in der Luft, seine riesigen Flügel pumpen wie wild und verursacht einen Wind, bei dem sich die Stiele der frisch gepflanzten Blumen biegen. Seine blauen Schuppen funkeln im Sonnenlicht und jeder Muskel an seinem Körper ist angespannt.

Ich habe ihn noch nie bei Tageslicht in seiner Drachenform gesehen – er ist einfach atemberaubend.

Feuer flackert hell in seinen Augen – er ist glücklich, mich zu sehen, und ich bin verdammt glücklich, ihn zu sehen, auch wenn es erst eine halbe Stunde her ist. Ich weiß, dass ich keine Zeit habe, mit ihm ein Abenteuer zu erleben, aber irgendetwas daran fühlt sich gut an. Fühlt sich richtig an.

Er landet mit einem Donnern und sein Schwanz schwingt leicht, sodass er beinahe eine Baumzeile entwurzelt.

„Manu, pass auf …"

Er peitscht seinen Kopf herum, taumelt zur Seite, um zu

sehen, wovon ich spreche, und stürzt jetzt auch noch ein paar Pflanzgefäße um.

Himmel. Auf diesem Balkon ist nicht viel Platz für einen Drachen.

Manu macht eine Geste, die einem drakonischen Achselzucken ähnelt. Sein Mund öffnet sich weit, um eine Reihe scharfer Zähne zu enthüllen, aber ich weiß, dass er nicht versucht, mich einzuschüchtern.

Er grinst.

Er hockt sich hin und lässt seinen riesigen Drachenhintern auf ein Bett aus orangefarbenen und gelben Blumen plumpsen. Ich unterdrücke ein Kichern, während er mich erwartungsvoll beobachtet.

Er hält etwas in seiner Pranke und legt es ab. Es ist eine Art Korb. *Hmm* … Die Neugierde nagt unnachgiebig an mir.

Er krümmt seine Krallen, als ob er nach etwas greifen würde, und bewegt sie dann in einer halbkreisförmigen Bewegung hin und her. Tanzen Drachen so? Ich schiele zu ihm hoch, nicht ganz sicher, was er meint.

Aus seiner Kehle dringt ein tiefes Rumpeln und es klingt wie ein Motor.

Ah! Er will wissen, ob ich lieber eine Ausfahrt mit Gina machen möchte! Ich lache und schüttle den Kopf.

Das ist perfekt. Ich will auf *ihm* reiten.

Das scheint ihn zu befriedigen und er kniet sich auf seine Vorderbeine und zertrampelt dabei noch ein weiteres Blumenbeet.

Sein riesiger Kopf ist ganz nah bei mir – so nah, dass er mich mit Leichtigkeit verschlingen könnte, aber ich weiß, dass er das nie tun würde. Ich greife hoch, um seine Wange zu berühren. Unter meinen Händen spüre ich seine schuppigen Erhöhungen und ich zeichne sie nach. Sie sind nicht kalt, wie ich vermutet hätte, sondern warm – fast schon heiß.

Er knurrt und schmiegt sich in meine Hand. Mir geht das Herz dabei auf.

„Soll ich einfach auf deinen Rücken klettern?" Er nickt und ich tue es, bevor ich mich zwischen seinen Schulterblätter setze.

Vorfreude kribbelt durch meinen Körper. Er pumpt seine Flügel – vielleicht eine Art Aufwärmübung, um sich auf den Flug vorzubereiten – und sie schimmern im Sonnenlicht.

Er greift sich mit einer Klaue den Korb ... und dann gehts los!

Manu hebt ab und schon bald schweben wir hoch über dem Palast. Wir steigen höher und immer höher, ... bis die gläsernen Türme und Spitzen des königlichen Palastes fast in den Bäumen zu verschwinden scheinen. Wir umkreisen den Palast einmal und dann schießt Manu in die Lüfte davon.

Andere Drachen fliegen in der Ferne. Manu brüllt etwas, das ein Gruß zu sein scheint, und sie brüllen zurück. Er nimmt Fahrt auf und wir rasen über den Himmel, seine starken Schultern beugen sich unter mir.

Der Wind peitscht durch mein Haar. Der Rausch schießt durch meine Adern. Laute, wogende Geräusche ertönen um uns herum ...

Und ich merke, dass ich selbst es bin, die ihr Glück herausschreit. So zu fliegen ist eine Freude, die ich noch nie zuvor erlebt habe. Mit Gina zu fahren war fabelhaft, aber das hier ist eine Million Mal besser.

Das hier ist Freiheit. Schlicht und ergreifend. Wunderschöne, atemberaubende Freiheit.

Weit weg von Orgalia. Weit weg von Zanthor und seinen Kumpanen. Hier am Himmel kann ich all das vergessen.

Xanthara saust unter uns in einem verschwommenen Grün vorbei. Ich schließe meine Augen und lasse dieses

Gefühl auf mich wirken. Jede Zelle meines Körpers davon durchfluten.

Ich bin so frei auf meinem Höhenflug und ich will nicht, dass er jemals endet. Es sind nicht meine Flügel, die mich hierherbringen, aber seine sind fast genauso gut. Vielleicht sogar besser.

Manu strahlt Kraft und Macht aus und er brüllt wieder, das Geräusch davon vermischt sich mit meinem Jauchzen des Glücks.

Ein leichter Sprühnebel bedeckt mich plötzlich und meine Augen springen auf. Wir gleiten über den Ozean! Manu gleitet tief über das Wasser und berührt es fast. „Manu, … das Wasser! Es ist unglaublich!"

Er macht ein schnaubendes Geräusch und ich glaube, er lacht.

Das Aquamarinblau umgibt uns, schimmernd und funkelnd wie ein Meer von Edelsteinen. Manu taucht noch tiefer ein, bis seine Hinterbeine die Wasseroberfläche durchbrechen und die Spitzen seiner Flügel es streifen.

Dann werden wir plötzlich mit Wasser vollgespritzt und es fühlt sich so gut auf meiner Haut an. Ich lehne mich zur Seite, um einen besseren Blick auf den wunderschönen Ozean zu erhaschen …

Ich lehne mich noch weiter hinaus …

Ohhhhhh Scheiße.

Ich verliere das Gleichgewicht.

Und dann falle ich. Ich falle durch die Luft. Die Welt wirbelt um mich herum.

„Ohhh mein Goooottttttt!"

Ich verliere die Kontrolle und der Himmel und der Ozean drehen sich, während ich falle, und meine Arme und Beine schlagen wild um sich. Ich schließe meine Augen fest.

Das Nächste, was ich spüre, ist ein weicher Aufschlag.

Als ich meine Augen öffne, bin ich von Manus Krallen umgeben und ich sitze auf dem weichen Polster seiner Pranke.

Oh, wow. Heilige verdammte Scheiße. Ich bin vom Rücken eines Drachen gefallen, aber ich bin immer noch hier und es geht mir gut. Ich atme tief durch, während der Nervenkitzel dieses Abenteuers mir immer noch durch die Adern schießt.

„Das hat Spaß gemacht, Manu. Können wir das nochmal machen?"

Er schnaubt wieder, stärker und lauter, und diesmal bebt sein ganzer Körper. Er lacht wieder.

Bedeutet das Ja?

KAPITEL SECHZEHN

MANU

Nach weiteren zehn Minuten, in denen ich über den Ozean geglitten bin und einer vergnügt jauchzenden Piper Meerwasser ins Gesicht gespritzt habe, während sie sicher in meiner Kralle geborgen war, entdecke ich den Felsen, der dem Gesicht der wilden Hadraxkatze ähnelt.

Es ist das Wahrzeichen, das meine Brüder und ich immer benutzt haben, wenn wir als Teenager hierhergekommen sind. Sobald wir den Katzenfelsen vom Wasser aus sehen konnten, bogen wir nach links, flogen über die Felsen und suchten uns einen Landeplatz.

Das erste Mal, als wir das Raumschiff entdeckt hatten, waren wir auf den Felsen geklettert. Brixus sagte, er wolle hinaufklettern und das Kätzchen auf die Nase küssen, und das tat er auch.

Und dann, nachdem Brixus es getan hatte, mussten Danax und ich es natürlich auch tun.

Ich schnaube und glucke bei der Erinnerung, während ich an den Bäumen vorbei nach einem sicheren Platz zum Landen suche. Der Dschungel ist dicht, da ist nicht viel Spielraum. Ich lege meine Krallen fester um Piper, um sie zu beschützen, und treffe meine Entscheidung, einfach durch die Bäume zu krachen.

Ja. Wie das Abreißen eines Pflasters. Kurz und schmerzlos.

Ein paar der Bäume müssen bei der Aktion daran glauben, aber was soll ich sagen – ich bin eben ein ziemlich großer Drache.

Ich setze Piper sanft auf einen moosigen Felsen ab und verwandle mich in meine menschliche Gestalt. Sie glotzt mich an und ja … Ich bin nackt.

Sie ist völlig durchnässt von all dem Salzwasser. Ihre Hose und ihr Oberteil drücken sich an ihre Haut und betonen jede ihrer köstlichen Kurven. Ihre Brustwarzen ragen heraus, sind schon hart, und mein Schwanz versteift sich sofort.

Nein! Runter, Junge.

Aber mein Drache ist schon in Rage, und zwar seit ich sie heute zum ersten Mal gesehen habe. Ich kann es nicht mehr leugnen – er will sie. Begehrt sie. Ein primitives Bedürfnis, das ich nicht länger leugnen kann.

Ich fange an zu glauben, dass Raygaar recht hatte.

Die Bestie regt sich unter meiner Haut, zufrieden darüber, dass ich endlich seine Gefühle anerkenne. Lust und brennendes Verlangen lodern in mir.

Das Verlangen, ihr die Hose runterzuziehen. Sie über den bemoosten Felsen zu beugen.

Sie zu ficken, bis sie meinen Namen schreit und ich weiß, dass es so sein soll.

Aber das ändert nichts an der Situation. Wenn überhaupt, macht es die ganze Sache nur noch schwieriger. Ich habe Piper immer noch nicht mehr zu bieten als zuvor.

Ich stärke meine Entschlossenheit und sende eine strenge Botschaft an meine innere Bestie. Er hat *nicht* das Recht,

Entscheidungen für mich zu treffen. Und mein Schwanz auch nicht. Die beiden müssen in ihre Schranken verwiesen werden, bevor sie zu weit aus der Reihe tanzen.

„Ich bin ein bisschen nass geworden von all dem spritzenden Wasser", sagt Piper mit einem sexy Lächeln im Gesicht. Ich glaube nicht einmal, dass sie versucht, sexy zu sein – sie ist es einfach. „Und du bist irgendwie hart. Das ist ziemlich heiß."

Ich lache. „Sei lieber vorsichtig, Rotschopf. Vielleicht muss ich dich über den Felsen beugen, auf dem du sitzt."

Sie kichert, aber sie hat *keine* Ahnung, wie viel Wahrheit in meinen Worten liegt.

Ich öffne den Korb und nehme eine Tüte ganz oben heraus. Er enthält einige trockene Kleider, aber nur einen Satz. Ich ziehe die Hose an und gebe Piper mein Hemd. „Es wird dir viel zu groß sein, aber willst du es anziehen? Ich nehme an, du hättest es lieber trocken."

„Danke, du scharfer Typ."

Zur Freude meines Drachens zieht sie sich aus. Sie ist unverschämt und kühn und fordert mich mit ihrem verspielten, verführerischen Lächeln auf, nicht hinzusehen. Ich stöhne, aber natürlich sehe ich ihr zu.

Wie könnte ich das nicht? Ich will sie. Mein Drache ist von ihr fasziniert.

Ihr Oberteil fällt herunter, … dann ihre Schuhe … und schließlich zieht sie ihre Hose aus. Sie lässt sich Zeit, verweilt bei jedem Handgriff und legt immer mehr ihrer cremefarbenen Haut frei.

Ihre hellrosa Nippel rufen nach mir. Und diese süße, süße Muschi …

Ich muss mich unglaublich zusammenreißen, um mich nicht auf sie zu stürzen, ihre Beine zu spreizen und meine Zunge in ihrer feuchten Hitze zu versenken.

Stattdessen sehe ich zu, wie sie das Hemd über ihren Kopf zieht und alles verdeckt, was sie mir gezeigt hat. Es reicht ihr bis zu den Knien – es ist noch größer an ihr, als ich es mir vorgestellt hatte –, aber sie sieht darin immer noch hinreißend aus, auch wenn es jetzt an ein großes, schlabbriges Sackkleid erinnert.

Sie schlüpft wieder in ihre Schuhe, wirft ihr Haar wie einen feurigen Wasserfall über ihren Rücken und grinst mich an. „Also, was ist noch in dem Korb? Essen, hoffe ich. Ich bin am Verhungern!"

„Ähm, … ja." Ich krächze kaum, als ich versuche, mich zu sammeln. „Aber ich wollte dich vorher noch wo hinbringen."

An einen meiner Lieblingsorte auf der ganzen Welt, einen, an dem ich schon ewig nicht mehr war. Einen Ort, an den ich noch *nie* ein Mädchen mitgenommen habe. Aber ich möchte ihn mit Piper teilen. Das Raumschiff bedeutet mir sehr viel, es steckt voller guter Erinnerungen an meine Kindheit.

Sie bedeutet mir einfach schon so viel.

Es ist mit Sicherheit eine spontane Entscheidung, aber es fühlt sich richtig an, mit ihr hier zu sein. Um ihr eine andere Seite von mir zu zeigen.

„Okay." Ihr strahlendes Lächeln erhellt ihr Gesicht. „Bring mich hin."

Ich schiebe die Zweige und hängenden Reben beiseite, aber sie sind seit dem letzten Mal dicker geworden. Es ist viele Jahre her – ich kann mich nicht einmal mehr erinnern, wie lange – und die Pflanzen haben den Pfad, den meine Brüder und ich vor ewigen Zeiten hier ins Dickicht geschlagen haben, längst wieder bedeckt. Der Wald ist erfüllt von Tiergeräuschen, während ich das Grünzeug abhacke.

Vögel zwitschern, Primaten kreischen und Insekten brummen laut.

Sie lachen mich wahrscheinlich aus. Ich weiß, ich weiß. Ich bin ein Idiot. Ich hätte irgendein Werkzeug mitbringen sollen, aber stattdessen verrichte ich die Arbeit mit bloßen Händen.

„Tut mir leid, ich habe vergessen, meine Machete mitzunehmen", scherze ich, während ich meine Hände benutze, um uns den Weg freizumachen.

„Klingt sehr männlich." Piper lacht und durch das helle, klingelnde Geräusch fühle ich mich ein wenig besser. „Kann ich mithelfen?" Ohne auf meine Antwort zu warten, greift sie zwischen die nassen Kleider, die sie sich unter den Arm geklemmt hat, und holt ihre Peitsche heraus.

Verdammt, das Ding ist sexy.

Sie drängelt sich vor mich und schnippt mit dem Handgelenk. Das Geräusch des Knalls hallt in den Bäumen wider – und es funktioniert. Ihre Peitsche ist schnell und scharf, Piper lässt Lianen und Äste in alle Richtungen fliegen, während sie sich einen Weg durch den Dschungel bahnt.

„Das ist der richtige Weg?"

„Ja. Mach weiter."

Und so bewegen wir uns vorwärts – sie übernimmt die Führung, während die Peitsche fröhlich durchs Gebüsch zischt. Einige der Reben sind hartnäckig und manche schwingen sogar zurück, um ihr ins Gesicht zu schlagen und sich in ihren Haaren zu verheddern, sodass sie auf ihren Hintern fällt, aber das schreckt sie überhaupt nicht ab. Sie bewegt sich weiter vorwärts, pflügt sich durch das Dickicht, ganz und gar konzentriert auf ihre Mission.

Ich kann meine Augen nicht von ihr lassen. Sie ist wild entschlossen … und anders. So anders als alle, die ich je kennengelernt habe. Sie dreht sich für eine Sekunde zu mir um und ein wenig Sonnenlicht fällt auf ihr Gesicht.

Sie ist kühn und schön. Verspielt. Ein Sonnenstrahl.

Und ich habe mich bereits so sehr in sie verliebt, wie ich nie gedacht hätte, dass ich es jemals könnte.

KAPITEL SIEBZEHN

PIPER

Wir kämpfen uns durch das Geäst, während *Zuckerbrot* zischt und knallt und Tiere durch das dichte Unterholz huschen. Etwas Pelziges huscht über unseren Weg – es zeigt kurz und laut zischend seine Zähne, bevor es davon saust – aber es ist eher niedlich als unheimlich.

Ein wild gefiederter magentafarbener Vogel ist besonders schwer zu ignorieren. Er sitzt auf einem Baum, neigt seinen Kopf, gibt gurrende Geräusche von sich und schüttelt seine Schwanzfedern. Von einem anderen Baum aus gafft uns eine Familie von fünf großäugigen, primatenähnlichen Kreaturen an. Sie schnattern miteinander, machen laute, enthusiastische *ack-ack-ack*-Geräusche, die durch den Dschungel hallen.

Ohne Zweifel sind wir die aufregendsten Wesen, denen sie den ganzen Tag über begegnet sind.

Dieser Ort hat etwas an sich, das ich nicht beschreiben kann. Etwas Warmes. Etwas Einladendes. Es sind nicht nur Sonnenstrahlen, die vereinzelt durch die Bäume fallen, oder die unfassbar bunten Blumen, die ihm das Gefühl eines magischen Wunderlandes verleihen, sondern es ist …

Alles.

Eine wilde, durchdringende, fabelhafte Energie.

„Dieser Ort fühlt sich gut an", sage ich zu Manu.

Wirklich gut.

„Ich weiß, was du meinst", sagt er hinter mir. „Das war schon immer so."

Ich kann nicht leugnen, dass mein Gehirn mich immer noch anschreit und fragt, warum zum Teufel ich mit Manu durch die Gegend ziehe, wo ich doch alles in meiner Macht Stehende tun sollte, um das Ei zu finden. Aber etwas treibt mich vorwärts, etwas, das ich nicht wirklich verstehe, und ich kann nicht anders, als mich dem Gefühl hinzugeben. Ich schiebe meine Gedanken beiseite und konzentriere mich stattdessen auf die positiven Schwingungen, die mich umgeben.

Ich entferne noch ein paar Reben und Farnwedel von unserem Weg, kämpfe mich vorwärts und genieße die tropische Wärme, die in meine Haut eindringt. Insekten schwirren um meinen Kopf herum, aber ich ignoriere sie. Nicht einmal mein riesiges Schlabberkleid stört mich sonderlich – es lässt viel Luft von unten an meine Haut strömen, wenn man das so sagen kann.

„Da ist es", sagt Manu.

„Wo?"

„Geradeaus."

Und dann sehe ich es … Etwas Großes, mit Weinreben bedeckt und einer kleinen Öffnung. Die Bäume sind hier so dicht, dass es schwer zu erkennen ist. „Ist das eine Höhle?"

„Es ist ein Raumschiff. Ein Wrack aus uralten Zeiten."

Ich mache den Rest unseres Weges mit neu gefundenem Elan frei und schon bald stehen wir davor. Manu hat recht – es ist ein Schiff, aber die Natur hat es in Beschlag genommen. Reben winden sich über seine Spitze und weiches Moos bedeckt den Boden im Inneren. Auch über die kaum noch erkennbare Instrumententafeln schlängeln sich Ranken und wuchern andere Pflanzen.

„Meine Brüder und ich haben es entdeckt, als wir Kinder waren, lange nach dem Absturz", fährt Manu fort und führt mich in das Schiff. „Wir haben es als unser Spielhaus benutzt. Wir gaben vor, intergalaktische Entdecker zu sein, und flogen mit unserem Schiff durch die Galaxie. Ein Besuch hier weckt viele gute Erinnerungen in mir."

Die Worte erhellen Manus Gesicht. Ich freue mich für ihn – er hat eine gute Kindheit erlebt, mit einer Familie, die ihn liebt. In mir erwacht ein trauriger Schmerz über die Dinge, die ich wollte und nie hatte, aber ich ignoriere das Gefühl. Stattdessen drücke ich Manus Hand, genieße die guten Schwingungen an diesem Ort und bin fest entschlossen, das auch weiterhin zu tun.

Meine Schuhe versinken im Moos und ich ziehe sie sofort aus, um die weiche schwammartige Textur unter meinen Füßen zu spüren. Manu öffnet den Korb und breitet eine Decke über das Moos. „Komm her", sagt er mit einem Grinsen. Er tätschelt eine Stelle und bedeutet mir, meinen Hintern dort zu parken. „Ich habe die Palastköche ein Picknick für uns zubereiten lassen."

„Mmmh. Danke", murmle ich und setze mich, während er in dem Korb wühlt. Er reicht mir zwei Gläser und eine Karaffe Rotwein, bevor er verschiedene verpackte Speisen herausholt. Ich schenke jedem von uns ein Glas ein, aber als ich ihm seines reichen will, ist sein Blick nicht auf das Getränk gerichtet.

Sondern auf die Stelle zwischen meinen Beinen.

Als ich nach unten blicke, finde ich den Grund für Manus hitzigen Blick heraus – es ist mein Hemd. Mein ganz und gar nicht sexy anmutendes Kleidungsstück hat sich um meine Taille gewickelt und meine Muschi entblößt.

In Manus Augen brennt Feuer und bald knistert die Luft um uns herum mit einer lodernden, lustvollen Hitze. Im Bruchteil einer Sekunde ist er vor mir. Zieht meine Hüften zu sich. Spreizt meine Beine. Wein schwappt aus meinem Glas und ich habe kaum Zeit, ihn abzusetzen, bevor ich alles verschütte.

„Mmhmmm", sagt er in seiner entspannten Art, wenn sich auch ein leidenschaftliches Knurren daruntermischt. Er schiebt das Hemd an meinem Bauchnabel vorbei nach oben. Ich liege völlig entblößt vor ihm, aber das stört mich überhaupt nicht.

Ich ziehe sein Hemd aus, damit er mich ganz sehen kann, und fordere schweigend auf, den nächsten Schritt zu setzen. Er verschlingt mich mit seinem Blick. Ein weiteres Knurren bricht aus seiner Brust aus, aber dieses Mal ist es leiser und tiefer.

Er hat auf etwas anderes Hunger als auf das Mittagessen und mir geht es gleich. Erregung prickelt in meinem Innersten und Hitze rauscht zwischen meinen Beinen.

„Willst du mit mir spielen, Piper?" Seine sexy arrogante Art brennt mit dem Feuer in seinem Blick um die Wette und er grinst mich an. Er flirtet. Neckt mich. Lässt seine Finger über meine feuchten Falten gleiten.

Ich stöhnte und spreizte meine Beine einladend noch ein wenig weiter, während sein Daumen meine Klitoris streichelt.

Er bietet mir nichts anderes als das. Nur ihn – jetzt in diesem Moment, ohne Aussicht auf mehr.

Eine weitere Berührung. Noch mehr elektrisierende Empfindungen rasen mir über den Rücken hinunter.

„Ja", nicke ich keuchend. Ich will mehr von ihm – will ihn ganz und gar, egal, was das bedeutet oder nicht bedeutet.

Er ist hier, direkt vor meinen Augen, und ich bin entschlossen, ihn jetzt zu spüren. Den Augenblick zu genießen. Ich habe mich noch nie mit jemandem so glücklich oder so frei gefühlt und ich werde mir das nicht entgehen lassen, obwohl ich weiß, dass er nicht mir gehören wird.

„Ja, was?", fragt er und hebt eine Augenbraue. Belustigung glänzt in seinen Augen. „Was willst du, Piper?"

„Hmm." Ich ziehe es in Erwägung, mich zu zieren, aber diese Idee verpufft im Bruchteil einer Sekunde. „Ich möchte, dass du mich küsst. Berühre mich. Leck mich am ganzen Körper."

Jetzt tobt der Feuersturm in seinen Augen noch wilder. Sein Mund findet meinen, kneift mir in die Unterlippe, und ich kneife zurück und lache, als ein weiteres seiner donnernden Knurrgeräusche durch mich hindurch vibriert.

Mein sexy Drache ist so verdammt *knurrig* und ich liebe ihn.

Und dann küsst er mich und unsere Zungen tanzen einen leidenschaftlichen Tanz. Sein Mund ist frisch und gleichzeitig warm und ich hebe meine Hände nach oben, um die Erhebungen seiner starken Wangenknochen zu streicheln. Bald liegt sein heißer Mund auf meinem Schlüsselbein, … seine Zunge umkreist meine Brustwarze, … bewegt sich tiefer, um meinen Bauch zu küssen …

Wow.

Er kniet vor mir nieder – berührt mich um Haaresbreite nicht – und sein Mund ist nur Zentimeter von meiner Muschi entfernt. Ich glaube, ich verliere noch den Verstand.

„Manu …", keuche ich, vergrabe meine Finger in seinen Haaren und ziehe ihn näher heran.

Er weiß, was ich will. Ein böses Grinsen legt sich um seine Mundwinkel.

Er kreist mit seinen Daumen langsam über meine äußersten Falten und es ist eine reine, köstliche Art der Folter.

Er spreizt mich sanft auf. „Wunderschön", sagt er, seine Stimme tief und rau.

Ich winde mich unter seinem lüsternen Blick, aber es macht mich auch an. Ich ziehe ihn noch weiter vor meine Mitte und drücke meine Hüften nach vorne zu seinem Gesicht.

Er taucht seine Zunge in meine nasse Spalte und entlockt mir ein lautes Stöhnen. Seine Zunge ist zauberhaft – absolut magisch. Er gleitet damit langsam und gemächlich über meine Falten und legt dann seinen Mund auf meine Klitoris.

Ich keuche laut, als das Vergnügen durch mich strömt. Es rast durch meinen Körper wie ein Güterzug und ich zerquetsche fast seinen Kopf mit meinen Oberschenkeln. Ich bäume meine Hüften auf, winde mich und werde fast verrückt vor lauter Ekstase, während er abwechselnd an meiner empfindlichsten Stelle leckt und saugt.

Lecken. Saugen. Er spielt mit meiner Weiblichkeit, hält inne, um meine Oberschenkel zu küssen, und erkundet meinen Körper, als sei er das fabelhafteste Neuland, das er je erobert hat.

Und als er seine Zunge dann in meine Öffnung schiebt – so tief und sinnlich und roh –, kann ich nicht anders, als in reiner Glückseligkeit zu explodieren. Mein Orgasmus vereinnahmt mich. Ich reite ihn aus, lasse mich fallen und mich gleichzeitig von ihm davontragen.

„Wow …", sage ich und sehe Manu an, während mein Körper noch immer bebt. Mir ist schwindelig vor Verlangen und alles, was ich will, ist mehr.

Mehr von *ihm*.

„Ja." Er grinst wieder, diesmal ein wenig selbstgefällig und überheblich, als wüsste er, dass er gute Arbeit geleistet hat. „Du schmeckst gut, Rotschopf. Wie Zucker und Honig."

Er beugt sich vor, um mich zu küssen, und ich kann mich

selbst auf seinen Lippen schmecken. Der Kuss ist langsam, aber intensiv, und noch mehr von meiner Erregung tropft mir auf die Schenkel.

Ich führe meine Hände entlang der gewölbten Muskeln an seiner Brust, über seinen Sixpack und zu der riesigen Wölbung in seiner Hose. Ohh, er ist so hart.

Und so … riesig.

Er stöhnt, schiebt seine Hüften nach vorne und sein Gemächt in meine Hände. Heiße, verzweifelte Lust strömt von ihm aus.

„Was werden wir dagegen unternehmen?", frage ich und bin nicht sicher, ob ich seine Bestie ärgern sollte.

Ein animalisches Bedürfnis liegt um ihn herum in der Luft und etwas Wildes lauert unter seiner Oberfläche. Sein Drache, das merke ich. Aber ich will das – diese wilde, ungezügelte Verspieltheit. Er gluckst und berührt meine Brüste. „Mir fallen da ein paar Dinge ein."

Ich ziehe ihm die Hose aus – und lasse seine *andere* Bestie los.

Sein Schwanz wippt in all seiner Pracht vor meinem Gesicht, mit seinen wulstigen Adern und einladenden Erhebungen in Hülle und Fülle. Ich drücke ihn hinunter auf die Decke und klettere auf ihn hinauf, so begierig darauf, ihn *jetzt* in mir zu spüren. Er packt meine Hüften, während ich mich mit der Spitze seines Schwanzes an meinem Eingang positioniere.

„Piper, warte …", fängt er an und hält mich eine Sekunde lang fest.

„Schon okay", sage ich und lese seine Gedanken. „Ich habe ein Implantat."

Erleichterung huscht über sein Gesicht, vermischt mit Verlangen. Ich senke mich langsam auf ihn und atme tief ein, während ich mich dehne, um ihn ganz in mir aufzunehmen.

Aber meine Mitte ist schlüpfrig und nass, und seine Erhebungen …

Oh, diese Erhebungen an seinem Schwanz!

Sie reiben sich köstlich an meinen Innenwänden und es fühlt sich so viel besser an, als ich es mir je erhofft hatte.

Schon bald gleite ich an seinem Schwanz auf und ab und meine Brüste wackeln wie verrückt. Ich reite ihn hart. Und langsam. Und alles dazwischen, mit wilder, feuriger Hingabe. Er hält sich an mir fest, packt mich am Hintern, und ich halte mich ganz sicher nicht zurück, meine Lust jauchzend und stöhnend in den Dschungel zu schreien

Es fühlt sich gut an. So, so gut.

Loszulassen.

Frei zu sein.

Ich nehme mir Zeit und genieße ihn – jede Sekunde dieses verrückten gemeinsamen Ritts. Und als ich komme, fühlt es sich an wie Magie auf Steroiden. Atemberaubende Glückseligkeit. Sterne explodieren vor meinen Augen und meine Muskeln verkrampfen sich um ihn herum.

Er stößt sich ein letztes Mal in mich und stöhnt leise und tief, dann kommt auch er. Er spritzt seine Hitze tief in mich hinein. Er fährt mir mit den Händen durch die Haare und küsst meine Lippen.

Wir fallen einander zugewandt auf das weiche Moos und er zieht mich zu sich heran. Sein Daumen streichelt über meine Unterlippe.

„Du bist unglaublich, Rotschopf", sagt er. „Ich könnte das den ganzen Tag mit dir machen. Jeden Tag."

KAPITEL ACHTZEHN

MANU

„Worüber denkst du nach?", fragt Piper. Sie hat ein teuflisch süßes Lächeln im Gesicht, als sie sich auf die Decke legt und an ihrem Wein nippt. Wir haben unser Mittagessen schon verspeist und den Rest in den Korb gepackt. Leichter Regen prasselt auf das Dach des Raumschiffs.

Ich ziehe sie etwas näher an mich heran und wünschte, ihre Kleider wären noch ausgezogen. Nackt in einem alten Raumschiff zu Mittag zu essen? Verdammt dekadent, wenn man mich fragt. Aber sie trägt wieder ihre Sachen, die jetzt trocken sind, und ich habe mir meine Hose übergezogen.

„Oh, nicht viel. Ich denke darüber nach, wie sehr ich diesen Ort liebe." *Und mit dir hier zu sein.*

Ich ziehe meine Hand über ihren Oberschenkel und genieße ihre Kurven. Mein Drache räkelt sich zufrieden in meinem Inneren. „Als meine Brüder und ich dieses Raumschiff entdeckten, kamen wir so oft hierher. Wir waren als Kinder solche Clowns, dachten uns immer irgendwelche Dinge aus. Unsere Vorstellungskraft war nicht von dieser Welt."

„Du und Danax, und Brixus auch? Ich habe Brixus noch nie gesehen."

Ich zucke mit den Achseln. „Brixus ist nicht mehr oft hier. Er war der Einzige von uns, der eine Gefährtin hatte, und sie starb an dem Virus. Danach … änderten sich die Dinge. Er hat es nicht gut weggesteckt. Er ist seither verändert. Ich sehe ihn kaum noch."

„Er ist nicht mehr im Palast?"

„Nein. So gut wie nie." Ich bin sicher, er verbringt die meiste Zeit im Dschungel, halb Mensch, halb Bestie. Ab und zu kommt er in den Palast zurück, oft genug, um meine Befürchtungen zu zerstreuen, dass er vergessen haben könnte, seine Drachengestalt auch einmal abzulegen. Das ist zumindest beruhigend. „Was ist mit dir, … hast du Geschwister?"

Pipers Lächeln verblasst. „Nein. Na ja, ich weiß es nicht. Ich habe meine Eltern verloren, als ich noch ein Kind war, aber ich habe nie herausgefunden, was mit ihnen passiert ist. Meine, … ähm, … Tante hat mich aufgezogen."

Richtig. Die Tante. Ich drücke Pipers Bein und bereue es, gefragt zu haben. Ich sehe sie nicht gern traurig, aber ich bin auch froh, dass ich etwas mehr von ihrer Geschichte erfahren habe. „Es tut mir leid wegen deiner Eltern."

„Schon okay." Pipers strahlendes Lächeln kehrt zurück und ich schwöre – dieses Mädchen macht keinen Rückzieher. Sie gibt niemals auf. „Lass uns auf etwas Schönes anstoßen. Wie wärs damit … *Auf* …"

Sie hält inne, während sie ihr Glas hebt und überlegt, was sie sagen möchte. Ich hebe meines auch, aber auch mir fehlen die Worte.

Auf … uns?

Mein Glas schwankt. Es gibt ein uns, *jetzt*, natürlich, in dieser Sekunde, aber …

Piper will nicht mit einem königlichen Bastard zusammen

sein. Mein Drache will sie und ich will sie, aber sie verdient so viel mehr. Würde sie sich aus dem Staub machen, wenn sie meine wahre Identität kennen würde? Die brenzlige Situation mit Berater Pavel lässt meine Schuldgefühle wieder aufkochen. Ich hätte sie heute nicht hierherbringen dürfen, hätte sie nicht so ficken dürfen, wie ich es getan habe.

Aber wenn sie mir noch einmal eines ihrer strahlenden Lächeln zuwirft, werde ich liebend gerne jede freie Minute mit ihr verbringen. Auch wenn es nur vorübergehend ist. Nur, bis sie offiziell von ihrem zukünftigen Gefährten begattet wird.

Und dann …

Ehrlich gesagt, weiß ich nicht, was ich dann tun werde. Es fühlt sich wie ein Tritt in den Bauch an. Das Gefühl ist heftig und rau und hinterlässt einen Schmerz in meiner Magengrube und meiner Lunge, die sich nach Luft sehnt. Mein Brustkorb verkrampft sich. Mein Drache schlägt wild um sich bei dem Gedanken, sie zu verlieren.

Ich weiß, Kumpel. Aber was können wir tun?

Ich will das Beste für sie und mit mir zusammen zu sein, ist es nicht.

„Wir stoßen an auf eine fabelhafte Zeit in diesem Dschungelraumschiff!", erklärt sie. Das tun wir dann auch, lassen unsere Gläser klirren und trinken, und sie rümpft ihre Nase auf diese niedliche Art und Weise, die ich so liebe.

Ich streichle mit meinen Knöcheln über ihre Wange. Ich könnte den ganzen Tag hier liegen und sie berühren. Sie küssen. Sie ficken, bis sie herrlich wund ist.

So könnte ich *für immer* mit ihr hierbleiben.

Es ist eine ganz andere Welt hier draußen in diesem Dschungel und in diesem alten Raumschiff. Weit weg von allem. Die Kreaturen des Dschungels und die Bäume urteilen nicht und die Wesen, die dieses Raumschiff einst geflogen sind, sind längst verschwunden. Abgesehen von meinen Brüdern und mir glaube ich nicht, dass Zeit meines Lebens jemand hier draußen gewesen ist.

Es ist ein Ort, an dem ich Manu sein kann. Nicht der Prinz oder der königliche Bastard oder jemand, der vorgeben muss, etwas zu sein, was er nicht ist. Einfach ich.

Es ist auch ein großartiger Ort, um Dinge zu verstecken.

Nachdem Raygaar mir das goldene Ei gegeben hatte, war dieses abgeschiedene Raumschiff das perfekte Versteck dafür. Eines, das sich so nahtlos einfügte, dass niemand es je finden würde.

Am Anfang bin ich häufig hergeflogen und habe nachgesehen, ob es noch da ist. Jedes Mal lag das Ei noch sicher in seinem Versteck. Völlig versteckt vor der Welt.

Aber in den letzten Jahren habe ich mehr meiner Zeit auf Partys verbracht und bin seltener hier hergekommen. Ein Anflug von Schuldgefühlen verursacht Stiche in meinem Bauch. Das Virus hat den wilden Partys zwar einen Riegel vorgeschoben, aber …

Hierher zurückgekommen bin ich trotzdem nicht.

Nicht mehr. Es ist Zeit für mich, Verantwortung zu übernehmen, ein besserer Hüter des Artefakts zu werden. Ich gelobe sofort, dass ich es nie wieder so lange allein lassen werde.

Piper grinst mich an, während sie an ihrem Wein nippt. „In Gedanken versunken, sexy Kerl?"

Ich streiche mit meinen Fingern über ihren Arm. „Ich muss schnell etwas überprüfen. Mehr Wein?"

„Nein, ich habe noch, danke."

„Ich bin gleich wieder da."

Sie wirft mir einen Kussmund zu, während ich aufstehe und über den matschigen, moosigen Boden tapse, bis ich einen Nebenraum erreiche. Früher als Lagerraum genutzt, haben die langen gewundenen Reben nun jeden Zentimeter davon in Beschlag genommen.

Ich zähle zehn Schritte nach rechts. Sechs Handlängen nach oben. Dort grabe ich mich durch das wuchernde Grün, das die Wand bedeckt, bis glänzendes Metall durchscheint, und lege meine Hand auf das nahtlose Paneel, das für das bloße Auge völlig unsichtbar ist. Durch meine Berührung gleitet es auf.

Das goldene Ei von Atlantis sitzt auf einem Bett aus Moos. Ich bürste Moosstücke beiseite und – wie immer – scheint das Ei nach mir zu rufen. Einige Sekunden lang halte ich es in meinen Händen und lasse die seltsame Wärme, die von ihm ausgeht, in meine Haut eindringen.

Es fühlt sich gut an, wirklich gut.

Und wie ich erwartet hatte, ist es in Sicherheit

KAPITEL NEUNZEHN

PIPER

Was macht Manu?

Meine Intuition schlägt Alarm und treibt mich an aufzustehen. Ich bewege mich leise durch das Raumschiff, werfe einen Blick in den nächsten Raum, und dort steht er – mit dem Rücken zu mir, aber leicht schräg. Ich bin im Begriff, nach ihm zu rufen, als ich merke, dass er etwas in den Händen hält.

Es ist klein, golden und … eiförmig.

Ich erstarre. Mein Herz schlägt mir bis zum Hals. Überraschung und Aufregung überfluten mich gleichzeitig.

Manu besitzt das goldene Ei von Atlantis!

Alle Sorgen und Zweifel meiner wochenlangen Suche lösen sich in Luft auf. Ich dachte schon, meine Freiheit wäre nur ein Traum, … aber sie ist es nicht. Erleichterung erfüllt jetzt jede Zelle meines Körpers. Das Ei ist real, es existiert wirklich und es ist hier!

Aber …

Es gehört Manu. Meine anfängliche Begeisterung wird im Keim erstickt und durch etwas anderes ersetzt. Ein komisches Gefühl breitet sich in meinem Magen aus.

Das Ei gehört Manu und wenn ich es haben will, muss ich es stehlen.

Von *ihm*.

Von dem Typen, in den ich mich Hals über Kopf verliebt habe.

Manu rollt das Ei in seinen Händen umher, als würde er es von allen Seiten betrachten wollen. Als ob es sich gut anfühlt. Er stellt das Ei zurück in eine Nische hinter einem Wandpaneel, während ich mich langsam zurückziehe. Sobald ich außerhalb seiner Sichtweite bin, eile ich zurück an den Platz, wo wir zu Mittag gegessen haben, und setze mich hin, um auf ihn zu warten, wobei ich mich auf meine Beine setze.

Verflucht!

Wenige Augenblicke später taucht Manu auf. Er beugt sich zu mir herunter, um mir einen Kuss zu geben. „Hey", sagt er grinsend. „Alles in Ordnung. Machen wir uns auf den Rückweg?"

Rückweg bedeutet, in den Palast zurückzukehren, der ohne ein Hovercraft und ein paar kräftige Flügel sehr, sehr weit weg von hier ist. Und beides habe ich zufällig nicht.

Das ist meine Chance – meine einzige Chance – und wenn ich das Ei will, muss ich es mir *jetzt* holen.

Ich kann den riesigen Kloß in meinem Hals kaum hinunterschlucken. Das Band aus Rosen brennt sich in meine Haut ein. „Sicher, klingt gut." Ich zwinge mich zu einem Lächeln. Er reicht mir seine Hand, um mir beim Aufstehen zu helfen, und während er es tut, treffe ich eine schnelle Entscheidung.

Ich muss es tun. Es gibt keinen anderen Weg. Wenn ich warte, bekomme ich vielleicht nie wieder die Gelegenheit dazu.

Mit einem tiefen Atemzug lasse ich unauffällig mein Armband auf den Boden fallen. Als mir Tränen in die Augen schießen, blinzle ich sie wütend weg.

Was soll ich denn sonst tun? Meine Möglichkeiten sind so begrenzt.

Wir schnappen uns den Picknick-Korb und machen uns auf den Weg in den Dschungel, dieses Mal geht Manu auf dem Weg durch die Bäume voran.

Eine Million Gedanken wirbeln in meinem Kopf herum. Mein Bauch verkrampft sich ganz fürchterlich. Ich weiß nicht, wie ich denken und fühlen oder was ich tun soll. „Manu", sage ich mit schwankender Stimme, als die Anspannung mich in Stücke zu reißen droht. „Ich glaube, ich habe mein Armband im Raumschiff verloren." Ich zeige ihm mein nacktes Handgelenk.

„Oh. Keine Sorge, ich hole es für dich." Er will mir den Korb in die Hand drücken, aber ich schüttle den Kopf.

„Nein, lass nur. Ich finde den Weg schon alleine." Mein Gesicht schmerzt schon von all dem falschen Lächeln, aber ich kann nicht zulassen, dass er herausfindet, was ich getan habe. Oder was ich vorhabe zu tun. „Ich bin gleich wieder da."

KAPITEL ZWANZIG

MANU

Der Botschafter von Solara 453 beendet schließlich seine nicht enden wollende Rede über den neuen Friedensvertrag, sehr zur Erleichterung aller Teilnehmer des Bündnisgipfels. Während seiner Ansprache wurde verhalten gegähnt, wurden unzählige Tassen koffeinhaltigen Wurzeltees und geheime Fläschchen geöffnet und ausgetrunken. Die Botschafter klatschen alle höflich und erheben sich, eilen in einem Massenexodus an die frische Luft und zu einer dringend benötigten Pause durch die Türen hinaus.

Alles, woran ich denken kann, ist Piper und unser gestriger Ausflug zum Raumschiff. Es war unglaublich.

Sie war unglaublich.

In der Sekunde, in der meine politischen Pflichten für den Tag erledigt sind, werde ich in ihr Zimmer sausen, sie von den Füßen reißen und mein Gesicht zwischen ihren Schenkeln vergraben.

Pavel wartet am Ausgang zum Hof auf mich. „Mein Prinz, darf ich dich begleiten?"

Unbehaglichkeit lastet schwer auf meinen Schultern. „Natürlich. Was hast du auf dem Herzen?"

Der Berater sagt einige Augenblicke lang nichts, während wir durch den Garten schlendern. Er hatte immer eine gewisse Starrheit, eine Art von Knappheit, aber jetzt spüre ich zusätzlich noch eine Spannung zwischen uns.

Mein Verstand spielt die Szene nach. Ich und Raygaar. Pavel kommt auf uns zu, um mit uns zu sprechen, studiert sorgfältig unsere Gesichter.

Schließlich spricht er. „Was für ein schöner Tag, nicht wahr? Und was für ein Glück, dass wir mit einer so fruchtbaren Kohorte von Menschenweibchen beschenkt wurden. Das Universum lächelt uns zu."

„Ja, was für ein Glück", sage ich.

„Die erste Gruppe von Frauen wird diese Woche ihre Ausbildung abschließen. Ich muss zugeben, dass ich mich schon sehr auf die Auswahl meiner eigenen menschlichen Gefährtin freue."

„Das ist gut." Ich schaue zu ihm hinüber. Sein Kiefer ist zusammengekniffen, seine Nackenmuskeln angespannt. Er redet um den heißen Brei herum.

Spuck es aus, Pavel.

„Das Menschenweibchen, der dir neulich deine Mahlzeit gebracht hat … Ich habe sie noch nie zuvor gesehen. Es schien, als sei sie ganz vernarrt in dich, mein Prinz."

Verdammt! Mir gefällt nicht, wohin das führt. „Piper ist ihr Name." Ich mache mir nicht die Mühe, mehr zu sagen, denn trotz meiner Bemühungen, mich bedeckt zu halten, bin ich sicher, dass ihm die Tatsache nicht entgangen ist, dass Piper und ich etwas am Laufen haben.

„Ja. Piper." Pavel macht eine Pause, während wir an einer kleinen Gruppe von Botschaftern vorbeigehen, die sich unter einem Baum unterhalten. „Piper mit den roten Haaren. Sie ist sehr interessant, nicht wahr?"

Interessant? Mein Drache regt sich bei Pavels eigenartigem Kommentar. Piper ist die schönste und wunderbarste Frau, die ich je in meinem Leben getroffen habe.

Ich tausche einen Blick mit dem Berater aus. Sein stählerner Blick richtet sich auf den meinen. „Ich habe die Datenbank mit den Informationen über die Zuchtweibchen sorgfältig überprüft und auf mehrere eingegrenzt, die für mich sowohl attraktiv sind als auch eine ausgezeichnete Verpaarung darstellen. Es wäre faszinierend, die Vielfalt in der Nachkommenschaft zwischen einem Xantharianer und einem rothaarigen Weibchen zu sehen.“

Und da fällt es mir wie Schuppen von den Augen. Mein inneres Biest knurrt unerfreut auf.

Er spricht von Fortpflanzung …

Mit *Piper*.

Nein. Ganz sicher nicht. Piper gehört mir.

Der Anspruch meines Drachens auf sie kommt kraftvoll und klar an die Oberfläche.

„Du hast recht, Berater.“ Meine Stimme ist knapp und fast ein Knurren. „Piper ist in der Tat schön und intelligent und faszinierend. Eine Frau, wie ich sie noch nie kennengelernt habe.“

Pavel nickt. Die Spannung zerschneidet die Luft wie ein Messer. „Sie verdient den absolut besten Gefährten. Eine der reinsten Abstammungslinien. Ich kann meinen Stammbaum bis zu den angesehensten königlichen Beratern zurückverfolgen. Meine Mutter und auch mein Vater gehören beide zu den reinsten Blutlinien.“ Er bleibt an einem der Hofbalkone stehen und studiert die hohen Glasspitzen der Stadt, bevor er seinen Blick wieder auf mich richtet. „Und was ist mit dir, mein Prinz? Wenn wir deine Blutlinien zurückverfolgen, deine DNA testen würden, würden wir dann feststellen, dass sie rein sind? Wärst du ihrer würdig?“

Ihrer würdig.

Pavels Worte sind wie ein Schlag in den Bauch.

Der Berater bleibt so stoisch wie eh und je. „Vielleicht wäre es am besten, wenn gewisse, … äh, … Geheimnisse unter Verschluss blieben", fährt er fort. „Wir wollen sicher keinen königlichen Skandal auslösen. Ich hoffe, du stimmst mir zu, dass Piper etwas Besseres verdient hat."

Blut bahnt sich in einem reißenden Strom seinen Weg durch meine Adern. Meine Fäuste öffnen und schließen sich an meinen Seiten. Ich bin versucht, eine von ihnen in sein Gesicht zu schlagen, aber ich halte mich zurück.

Er hat mein Geheimnis gelüftet. Er will Piper für sich selbst beanspruchen. Und als Krönung des Ganzen bedroht er mich jetzt auch noch.

Scheiß. Drauf.

Ein heftiges Gefühl der Habgier erfüllt jede meiner Zellen. Piper gehört mir.

Wenn Pavel beschließt, meine biometrischen Daten und auch die von Raygaar zu überprüfen, kann ich nichts dagegen tun. Die hochsensiblen DNA-Extraktoren des Palastes können die Daten von einer Unzahl von Quellen bestimmen.

Von etwas so Einfachem wie Fingerabdrücken von einem Krug Bier, den wir beide berührt haben.

Ich verenge meinen Blick und mein Blut brodelt vor Wut. Ich bin versucht, ihm mit der Absetzung von seinem Posten zu drohen. Exil in einer anderen Stadt. Eine Vielzahl von Strafen für seinen Ungehorsam kommt mir in den Sinn.

Aber ganz gleich, was ich tue, die Wahrheit ist immer noch die Wahrheit. Ich kann nur ehrenhaft handeln und hoffen, dass er es auch tut.

Ich atme tief ein. Ich gebe mein Bestes, den Kiefer zu entspannen. „Ich bin ein königlicher Prinz von Xanthara. Zweiter in der Thronfolge. Ein höchst würdiger Bewerber für jede dieser Frauen. Ich denke, es wird dich freuen, Berater

Pavel, zu hören, dass ich Piper als meine Gefährtin auserwählt habe."

Der Berater starrt mich einen Moment lang an. Schließlich nickt er. „Es ist meine aufrichtige Hoffnung, dass du nicht die falsche Entscheidung triffst, mein Prinz."

„Und ich erhoffe mir dasselbe von dir."

Er verbeugt sich schroff und lässt mich einfach stehen, während er sich in die entgegengesetzte Richtung davon bewegt.

KAPITEL EINUNDZWANZIG

PIPER

'Pring klettert vollkommen nackt auf die Chaiselongue und positioniert sich auf allen vieren. „Manchmal wird euer Gefährte das Bedürfnis verspüren, euch von hinten zu nehmen", erklärt sie fröhlich und deutet auf einen ihrer xantharianischen Krieger. „Kaan, komm her, bitte."

Kaan nimmt eifrig seinen Platz hinter ihr ein. Er packt ihre Hüften und wirft Crexar einen hochmütigen Blick zu. Der andere Xantharianer funkelt ihn schweigend an.

Neben mir kichert Mira und die anderen Mädchen in der Klasse tuscheln untereinander. Die zugrunde liegende Rivalität zwischen den beiden Männern ist lächerlich unterhaltsam.

Normalerweise würde ich es auch wunderbar amüsant finden, aber das Einzige, woran ich denken kann, ist die Schuld, die so unsagbar schwer auf mir lastet.

Ich habe Manu hintergangen. Ich war hinterhältig.

Ich habe das goldene Ei gestohlen.

Aber ich hatte die Chance, es mir zu holen – meine

einzige Chance auf Freiheit –, und jetzt ist es sicher in meinem Zimmer versteckt. Seither braut sich in meinem Bauch ein verdrehtes schmutziges, schreckliches Gefühl zusammen und es wird immer schlimmer. Ich lege meine Arme um meinen Bauch und versuche, langsam und tief zu atmen.

„Crexar, bitte hol das Gleitmittel, falls wir es brauchen", fährt T'Pring fort. „Klasse, denkt daran, es immer griffbereit zu haben. Glatt und schlüpfrig ist der beste Weg!"

Crexar stolpert zur Seite des Raumes hinüber und holt die Flasche, offensichtlich unglücklich darüber, zum Gleitmittel-Mann degradiert worden zu sein.

Kaan hat seinen Lendenschurz bereits abgelegt. Er reibt seine Erektion an T'Prings Schlitz und sein Schwanz ist glitschig von ihren Säften, als er sich zurückzieht. Bald darauf stecken sie tief in den Qualen der Leidenschaft und Kaan stößt in sie hinein, während sie ihre charakteristischen Lustschreie von sich gibt.

Ich bemühe mich aufzupassen, wie Kaan Gleitmittel auf seinen Schwanz schmiert, bevor er ihn langsam in T'Prings anderes Loch schiebt – ich habe noch nie Analspiele gemacht und habe nicht die leiseste Ahnung von der richtigen Technik –, aber es hat keinen Sinn. Das brodelnde Schuldmonster in meinem Bauch meint es ernst mit mir. Es knirscht mit den Zähnen und hält meine inneren Organe im Würgegriff.

„Atmet in die Bewegung!", ruft T'Pring. „Und, … ohhhhh! … Das Wichtigste ist, es zu genießen!"

Ich tue, was T'Pring vorschlägt, und versuche, in die Bewegung zu atmen, indem ich meine Hände noch fester um mich schlinge und die Augen schließe. Aber alles, was ich fühle, ist Unbehagen, während Grunzlaute und Wimmergesänge den Raum erfüllen.

„Piper, alles okay?", flüstert Mira.

Ich kann nur nicken und etwas murmeln, was wie ein *Ja* klingt.

Du bist eine Diebin, Piper. Eine hinterhältige kleine Diebin.

Igitt.

Ich fühle mich schrecklich und überhaupt nicht okay.

Meine Augen öffnen sich genau in dem Moment, als Crexar eingeladen wird, mitzuspielen. T'Pring benutzt zwei ihrer Hände, um ihn einzureiben, bevor sie ihm einen enthusiastischen Handjob verpasst. Die Vorstellung geht weiter und innerhalb weniger Minuten ist sie von Kopf bis Fuß mit schimmerndem blauen Sperma bedeckt, alle drei keuchen schwer von all der leidenschaftlichen Anstrengung.

„Klasse, meine Assistenten und ich müssen uns sauber machen", verkündet T'Pring mit errötetem Gesicht. „Machen wir alle eine kurze Pause und wenn wir zurückkommen, werden wir unsere erste Einheit in den Sexualsimulationsmaschinen absolvieren. Ihr erhaltet die Gelegenheit, die ganze Methodik am eigenen Körper zu spüren, die ich euch beigebracht habe, während ihr euch dennoch ausschließlich eurem Partner vorbehalten könnt." Crexar und Kaan sehen sie beide knurrend und mürrisch an. „Äh, … oder *euren Partnern*. Je nachdem, wie die Dinge für euch laufen. In weniger als einer Woche werdet ihr bereit sein, euch mit euren neuen xantharianischen Gefährten zu vergnügen!"

Crexar schiebt Kaan aus dem Weg, schaufelt T'Pring in seine Arme und schreitet zur Tür hinaus. Kaan ist ihm dicht auf den Fersen.

Der Raum bricht in ein Summen aus. Die Frauen kichern und plaudern, tauschen ihre Plätze, um sich mit Freundinnen zu unterhalten. Ich sitze wie betäubt da und lausche all den

Gesprächen um mich herum. Mira spricht mit einem anderen Mädchen darüber, dass sie sich einen großen, starken Krieger wünscht, während andere sich darauf freuen, endlich einen Gefährten zu finden und echten Sex zu haben.

Auch Manus Name fällt. Ein paarmal. Das hilft mir in meiner Situation überhaupt nicht, kein bisschen, und versetzt meine Emotionen nur noch weiter in Aufruhr. Ich versuche, die Mädchen, die sich für ihn interessieren, nicht mit Blicken zu töten.

Wenn ich wollte, könnte ich das Artefakt auf der Stelle nehmen, mich damit aus dem Staub machen und es im Handumdrehen in Orgalias Hände legen – das wundervolle Gefühl der reinen, puren Freiheit erfahren, von der ich schon so lange träume, wie ich denken kann.

Aber ich kann nur an ihn denken. Und an das Ei. Und an den fabelhaften, umwerfenden Nachmittag gestern. Meine Gefühle für ihn knistern gleich laut, wie meine Schuldgefühlen brodeln.

Ich habe noch nie so für jemanden empfunden.

Sei nicht dumm, Piper. Er würde dich nie wollen, wenn er dein wahres Ich kennen würde.

Außerdem habe ich das Undenkbare getan. Ich war unehrlich zu ihm. Ich habe ihn bestohlen. Das würde er mir sowieso niemals verzeihen.

Meine Lebensgeister sinken noch tiefer. Meine Freiheit ist so nah, dass ich sie fast schmecken kann, aber ich wusste nicht, was es mich kosten würde, sie mir zu holen.

In diesem Moment kommt T'Pring zurück, flankiert von ihren Kriegern. Eine weitere Frau begleitet sie, kommt Arm in Arm mit unserer Trainerin herein. Es ist …

Mein Atem bleibt beinahe stehen.

Es ist Orgalia.

Ihr Blick richtet sich auf mich, das helle, durchdringende

Grün, das ich schon so lange kenne. Ich bin in ihren Augen gefangen, bin immer noch an sie gekettet wie schon fast mein ganzes Leben lang. Ihre Augen sind voll von Verachtung und verspotten mich mit dem, was ich bereits weiß.

Du bist ein kleiner Mischling. Und ein Dieb. Und du gehörst immer noch mir.

KAPITEL ZWEIUNDZWANZIG

PIPER

Orgalia mustert uns alle, als wären wir Käfer, die sie gerne unter ihren Schuhen zerquetschen würde. Sie ist ganz in Schwarz gekleidet, trägt tailliertes Leder mit knie-hohen, absolut genialen Stiefeln. Ihre dunkelroten Lippen sind zu einem angepissten Schmollmund geschürzt und sie trägt ihre übliche Flechtfrisur mitten auf dem Kopf.

T'Pring ist wieder sauber und hat sich einen transparenten Morgenmantel angezogen. Ihren Arm hat sie bei Orgalia eingehakt und jetzt strahlt sie uns an. „Klasse, ich möchte, dass ihr Botschafterin Orgalia kennenlernt, die zu unserem jährlichen Bündnisgipfel angereist ist. Sie kommt vom wundervollen Planeten Naxia und ich fühle mich so geehrt, dass sie hier bei uns ist! Sie hat darum gebeten, beim Freu-dentraining zusehen zu dürfen, also heißt sie bitte willkommen."

Die Frauen murmeln Begrüßungen, die durch den Raum schwirren. Orgalia zwingt sich zu einem angedeuteten Lächeln und löst sich aus T'Prings begeistertem Griff. Ihr Blick wandert durch den Raum und begegnet dann wieder meinem.

Ich erwidere ihn und fühle mich verdammt unwohl dabei, bin aber nicht bereit, zuerst wegzusehen. Sie ist nicht wirklich eine Botschafterin. Sie ist nicht einmal hier, um T'Pring dabei zuzuhören, wenn sie über Sex spricht.

Sie ist meinetwegen hier.

T'Pring klatscht in ihre Hände und fährt fort. „Lasst uns alle den Flur hinunter in die angrenzenden Kammern gehen, wo sich die Sexualsimulatoren befinden. Crexar, Kaan und ich werden euch dabei behilflich sein, dass jede von euch sich es in ihrer privaten Koje gemütlich machen kann. Bitte folgt mir."

Die Menge beginnt sich aufgeregt zu bewegen, als alle aufstehen, um T'Pring zu folgen. Die beiden Krieger helfen mit, die Frauen durch die Tür zu lotsen. Ich mische mich ins Getümmel in der Hoffnung, Orgalia abzuhängen.

Aber dabei darf ich nicht vergessen, dass Orgalia diejenige ist, die *mich* ausgebildet hat. Sie ist ausgefuchst und hinterhältiger als der Teufel, und bald hat sie mich eingeholt und geht neben mir her. Wir mischen uns unter die Mädchen auf dem Flur.

„Warum bist du hier?", frage ich mit leiser Stimme, obwohl ich genau weiß, was sie will.

„Wo ist das Artefakt?", zischt sie flüsternd.

Nun, sicher verstaut in meinem Zimmer. Ich könnte direkt dorthin gehen und es ihr jetzt geben. Wie einfach wäre das?

Aber mein Bauchgefühl meldet sich mit einem wilden, ruckartigen Ziehen. Eine Vision von Manus hübschem, unbekümmertem Lächeln erscheint vor meinem inneren Auge. Er vertraute mir – vertraut mir immer noch –, aber ich habe ihn hintergangen. Und auch wenn ich nicht mit ihm zusammen sein kann … Bin ich bereit, diesen Planeten zu verlassen und ihn nie wiederzusehen?

„Du bist keine Botschafterin", sage ich und weiche ihrer

Frage aus. „Was hast du mit dem echten naxianischen Botschafter gemacht?"

Sie schnaubt. „Er war … unnötig. Sagen wir einfach, er hatte einen kleinen ‚Unfall' auf Naxia und ich war bereit, seinen Platz einzunehmen. Jetzt bin ich an seiner Stelle hier. Als ich dich auf diese Mission geschickt habe, habe ich nicht erwartet, dass du einen Babysitter brauchen würdest, um deine Aufgabe zu erfüllen. Offensichtlich habe ich deine Fähigkeiten überschätzt. Ich dachte, ich hätte dich gut ausgebildet, Piper, aber es scheint, als hättest du es doch nicht drauf."

Ihre harten Worte gehen mir tief unter die Haut. Ich hätte gedacht, dass ich mir nach all den Jahren eine dickere Haut zugelegt habe, aber ihre Worte treffen mich so heftig wie immer. Wut brodelt in mir – ich habe diese Scheiße so dermaßen satt. „Ich arbeite immer noch daran." Meine Worte sind knapp, meine Stimme gefasst. Mein starker Wille droht sich zu befreien, weigert sich, ihr die vollständige Kontrolle über mich zu überlassen.

Orgalia packt mich am Arm und zwingt mich dazu, sie anzuschauen. Ihr Blick ist tödlich. „Du weißt, wo es ist, nicht wahr?"

„Lass mich los." Ich reiße meinen Arm weg und sie verzieht das Gesicht. Ich habe früh gelernt, dass es unangenehme Auswirkungen hat, Orgalia wütend zu machen, aber ich bin verletzt, verwirrt und ziemlich sauer. „Fass mich verdammt noch mal nicht an." Sie verengt ihre Augen und verzieht ihre Lippen zu einer Grimasse – so habe ich noch nie mit ihr gesprochen, habe es noch nie gewagt.

Sie hält meine Freiheit in ihrer Hand, aber meine Kühnheit fühlt sich gut an. Fühlt sich richtig an. Sie ist wie ein kleines Licht und jetzt, da ich die Tür geöffnet habe, will sie noch heller strahlen.

Kaan wartet am Ende der Halle, um uns in die Simulationskammer zu führen. T'Pring und Crexar sind bereits dort und helfen den Frauen in die einzelnen Simulationskapseln.

Kaan führt mich zu einer der eiförmigen Gebilde aus Metall und bedeutet mir, einzutreten, bevor er losstapft, um einem anderen Mädchen zu helfen. Die Kapsel ist klein und besteht aus einer plüschigen Chaiselongue und Instrumententafeln, die die Wände säumen. Sanfte Musik spielt im Hintergrund.

Orgalia ist direkt hinter mir. Sie drängt sich hinter mir in die Kapsel, bevor sich das Türblatt zischend schließt.

„Ernsthaft?", frage ich. „Kann ich hier vielleicht ein wenig Privatsphäre bekommen?"

„T'Pring sagte, ich kann beobachten, was immer ich wolle", sagt Orgalia hochmütig. „Und ich entscheide mich für _"

„Willkommen in der Sexualsimulationskapsel", unterbricht eine angenehme weibliche Roboterstimme sie. „Ich werde Ihnen heute assistieren. Bitte legen Sie alle Kleider ab und machen Sie es sich auf der Liege bequem."

Meine Herrin ignoriert den Bot und starrt mich an. „Ich glaube, du weißt, wo das Artefakt ist. Sag es mir."

Die Gier funkelt in ihren Augen, begleitet von einem Flackern der Verzweiflung. Sie wollte schon öfter Dinge und ich habe sie für sie gestohlen, aber diesmal – will sie es *unbedingt*. So sehr, dass sie dafür den ganzen Weg hierher gereist ist.

Die Anzahl der Einheiten, die der Herzog von Naxia ihr für das Ei zu zahlen bereit ist, wird ihr für immer ein Leben im Luxus ermöglichen, aber sie würde ihren Reichtum nie dazu verwenden, anderen zu helfen. Nur für sich selbst. Ein großer Teil von mir möchte, dass sie das ganze Geld allein aus diesem Grund nicht von ihm bekommt.

„Ich weiß nicht, wo das Artefakt ist", sage ich. Die Lüge kommt mir leicht von den Lippen. „Ich sagte doch, ich arbeite daran."

„Du *lügst*." Orgalias Gesicht verzerrt sich wütend und das es sieht nicht hübsch aus.

„Bitte. Alle. Kleider. Ablegen!" Die Stimme Bots ist immer noch angenehm, aber viel eindringlicher.

Ich ignoriere Orgalia und ziehe mich aus, lege meine gesamte Kleidung auf eine kleine Metallleiste und lege mich auf den Sessel. Sie ragt über mir auf und ich zucke einfach mit den Achseln. „Also, wirst du mir einfach zusehen, wie ich das jetzt mache, oder was?"

Orgalia ist wütend.

„Die Kleidung aller Anwesenden muss abgelegt werden!" Die Stimme des Bots ist jetzt noch bestimmter und die Instrumententafeln blinken mit bunten Lichtern. Ich grinse meine Herrin an. Die Sexkapsel wird sauer auf sie.

Orgalia verdreht die Augen und stößt einen verzweifelten Seufzer aus. Sie zieht sich aus und enthüllt ihre blasse, cremige Haut und einen Streifen dunkler Schamhaare und kauert sich auf den Rand der Liege.

„Sehr gut", kräht der Bot. „Jetzt können wir beginnen. Diese Simulation soll Ihnen ein ultimatives sexuelles Eintauchen ermöglichen. Wenn Sie ein völlig nicht-invasives Erlebnis wünschen, wählen Sie bitte die Sensorelektrode. Es ist an der Zeit für Sie, Ihre erste Lustauswahl zu treffen."

Ich betrachte schnell den Bildschirm vor mir. Die Optionen bieten das volle Programm. Oralsex. Fingern. Verschiedenste Sextechniken. Tentakel.

Der dreifache Penis? Hmmm.

„Du verheimlichst mir doch etwas. Sag es mir jetzt", verlangt meine Herrin.

„Du weißt, ich will meine Freiheit, Orgalia. Ich habe

immer alles getan, was du von mir verlangt hast. Kannst du mir bitte ein wenig Freiraum geben?"

„Etwas Freiraum? Deine Mission ist es, mir das Ei zu besorgen, nicht rumsitzen und …"

„Bitte wählen Sie eine Option, um zu beginnen", piept der Bot laut.

„Ach, halt die Klappe!", knurrt Orgalia und schlägt mit der Hand auf den Bildschirm.

„Analpenetration ausgewählt", sagt die Frauenstimme. „Ausgezeichnete Wahl. Möchten Sie ein Vorspiel hinzufügen?"

„Nein!", faucht Orgalia den Bot an.

„Sehr gut. Bitte wählen Sie Phallusgröße und Art des Gleitmittels aus."

Ich mache ein Gesicht, schaue auf den Bildschirm und bin nicht sicher, ob ich ohne Vorspiel für Analsex bereit bin. Ich denke zurück an vorhin, als T'Prings Assistent ihr Hintertürchen penetriert hat. Obwohl sie es die meiste Zeit zu genießen schien, schien sie vor allem am Anfang ein merkliches Unbehagen zu empfinden. Ich suche nach einem Knopf, um zum Startbildschirm zurückzukehren und den Auswahlprozess von vorne zu starten.

Doch ich finde keinen und starre meine Herrin frustriert an. Nicht nur, weil ich wegen der analen Penetration nervös bin, sondern wegen der Gesamtsituation. Ich weiß nicht, was ich wegen der Sache mit dem Ei machen soll. Oder mit Manu. Oder mit *ihr*. Ich fühlt sich an, als säße ich in dieser Achterbahn fest, und mitten in dem Versuch, auszusteigen, werde ich in eine Sexkapsel gepackt. „Hör zu", sage ich demonstrativ, „ich bin hier gerade irgendwie beschäftigt. Du hast mich auf diesen Planeten geschickt und jetzt bin ich hier integriert und muss ihr ganzes Programm mitmachen."

„Oh, ignorier doch diesen Scheiß", sagt Orgalia und

deutete mit einer Hand auf den Bildschirm. Sie schüttelt enttäuscht den Kopf. „Du hast mich hängen gelassen, Piper. Es scheint, als müsste ich die Sache selbst in die Hand nehmen, ist es nicht so?"

„Nein, ich –"

Wir halten beide inne und sehen fassungslos zu, wie ein Roboterarm aus einer Seitenwand ausgeklappt wird und uns einen riesigen blauen Dildo im Xantharianer-Stil präsentiert. Er ist anatomisch korrekt bis hin zu den Adern, den Erhebungen und dem wulstigen Kopf.

Orgalia schnaubt ungeduldig auf und schiebt den Penis beiseite.

„Phallusgröße abgelehnt", piept der Bot. „Präferenz gespeichert. Eine neue Auswahl ist in Bearbeitung. Bitte warten Sie." Der Arm zieht sich in die Verkleidung zurück und ein surrendes Geräusch erfüllt die Kapsel. Einen Moment später wird ein neuer blauer Penis präsentiert.

Der ist sogar noch größer. Meine Oberschenkel verkrampfen sich beklommen.

Orgalia funkelt mich über den blauen Schwanz hinweg böse an. „Piper, wenn du das goldene Ei nicht bis morgen findest, werde ich es selbst finden."

Mein Herz rutscht mir in die Hose, die ich gerade nicht anhabe. Orgalia ist das ultimative Superhirn der Spionagekunst. Wenn sie sich auf die Suche macht, findet sie das Artefakt im Handumdrehen, egal wie gut ich es im Palast verstecke.

„Und wenn ich es gefunden habe, werde ich dich hier zurücklassen", fügt sie hinzu und ein fieses Grinsen verzerrt ihr Gesicht. „Deine Strafe, erinnerst du dich? Dann wirst du mit einem Xantharianer verpaart. Von einem von diesen gefickt werden" – sie zeigt auf den Schwanz – „für immer."

Für immer.

Manus sexy Gesicht flimmert mir durch den Kopf. Mit ihm wäre die Ewigkeit perfekt. Aber er hat schon gesagt, dass er keine Gefährtin für sich auswählen will. Er will nur *Spaß*.

Manu im Palast über den Weg zu laufen, … zu wissen, dass ich nie mit ihm zusammen sein könnte, … gezwungen zu sein, mit jemand anderem zusammen zu sein, der mir nie dasselbe bedeuten würde …

Es wäre die reinste Hölle.

„Das würdest du nicht tun", flüstere ich, während ein zweiter Roboterarm Gleitmittel auf den neuen Dildo spritzt.

„Oh, das würde ich. Man verdient sich seine Freiheit nicht, indem man ein grottenschlechter Dieb ist, Piper. Die einzige Möglichkeit, dir deine Freiheit zu verdienen, ist, mir zu geben, was ich will, und sonst …" Sie zuckt mit den Achseln. Ein böses Lächeln legt sich wieder über ihre Züge. „Ich erwäge sowieso, dich hierzulassen. Sogar, nachdem du mir das Ei besorgt hast."

Überraschung und Ungläubigkeit durchströmen mich, gefolgt von Wut. „Wie meinst du das?" Ich zeige auf die Tätowierung auf meinem Arm. „Du hast gesagt, du würdest es vervollständigen. Mir meine *Merita* geben. Meinen Tracker entfernen."

Meine Herrin lacht. „Ich bin an keinen Vertrag gebunden, Piper. Ich sagte, ich würde es tun, aber nichts zwingt mich dazu."

„Aber …" Meine Hände verkrampfen sich an den Seiten und in meiner Kehle bildet sich ein großer, wütender Kloß. „Du hast mich immer gelehrt, den Kodex zu befolgen, so wie du es auch allen anderen beigebracht hast. Dazu gehört auch, dass ich meinen Dienst an dir im Gegenzug dafür erfülle, dass du mich bei dir aufnimmst. Ich bin bei dir geblieben, weil es meine Rolle war. Ich hätte eine Million Mal gehen können, auf einen anderen Planeten –"

„Und was dann?", höhnt sie. „Du wärst nie weit gekommen, Piper. Ohne mich bist du nichts."

Ich bin so verdammt wütend. Meine Wangen brennen und ich muss mich wirklich zusammenreißen, um ihr nicht ins Gesicht zu schlagen.

„So gesehen habe ich eben meine Arbeitsbedingungen geändert." Ihr Grinsen wird immer breiter und mir wird klar, wie sehr sie es genießt, mich zu quälen. Es ist überhaupt nichts Ehrenhaftes an Orgalia. Sie hat mich aufgenommen, ja, aber es hat jahrelange Qualen zur Folge gehabt.

Sie verdient das goldene Ei und alles, wofür es steht, nicht. Ich habe das Ei in meinen Händen gehalten und es steckt eine Energie darin, etwas Starkes und Gutes, und ich weiß jetzt, dass Orgalia es niemals in die Finger kriegen darf.

Ich kann ihr das Ei nicht geben. Sie darf es *niemals* kriegen.

Ein Hologramm erscheint vor uns, und zwar das eines großzügig mit Muskeln bepackten Xantharianer-Kriegers. „Hallo, meine schöne neue Gefährtin", sagt die simulierte Stimme. „Ich bin hier, um dir Vergnügen zu bereiten, wie du es noch nie erlebt hast. Bitte positioniere dich auf allen vieren."

Der Roboterarm tritt surrend wieder in Aktion und fährt den Penis näher an mich heran.

Ohhh mein Gott.

Ich klemme meine Beine fest zusammen und fahre mit der Hand hinüber, um willkürlich Tasten auf dem Bildschirm zu drücken. Der mechanische Arm surrt nur noch lauter.

„Was, willst du ihn nicht?", fragt Orgalia. „Da du ab jetzt hier lebst, würde ich meinen, dass du üben willst." Sie lacht wieder und es klingt so verdammt selbstzufrieden. „Hmm. Das *ist* ein schöner Schwanz."

Sie beäugt den zitternden Schwanz vor sich genau und

schlingt ihre Hände um ihn. „Er ist so … lebensecht. Und die Erhebungen, … herrje! Ich habe noch nie einen Xantharianer gehabt. Siehst du, dein Schicksal ist gar nicht so übel, Piper."

Das Holo wiederholt die Botschaft und Orgalia rutscht an meiner Liege hoch. Sie scheint immer mehr von dem Penis fasziniert zu sein, denn jetzt fährt sie mit ihren Händen über seine ganze Länge. Ich erhebe mich von der Chaiselongue und stelle mich daneben.

„Mmmh, ja bitte", sagt meine Herrin. „Ich würde mich freuen, wenn du mir Vergnügen bereiten würdest." Sie begibt sich auf ihre Hände und Knie, während ich mich auf den Weg zum Ausgang mache. Ich schnappe mir meine Kleider, wische mit der Hand über das Wandpaneel, um die Tür zu öffnen, und mache mich auf den Weg nach draußen, als Orgalia zu stöhnen beginnt.

KAPITEL DREIUNDZWANZIG

MANU

„Lasst uns einen Toast ausbringen!" König Aurelian erhebt sein Glas von seinem Platz an der Spitze der riesigen Tafel aus. Königin Ariadne lächelt ihn an und tut es ihm gleich, wie alle anderen Bündnismitglieder auch. „Auf Frieden und Harmonie unter uns – für immer!"

„Auf Frieden und Harmonie!"

Wir stoßen alle mit unseren Gläsern an und das Mittagessen geht weiter in dem schicken, mit blühenden Pflanzen eingedeckten und Oberlichtern gesäumten Speisesaal des Palastes. Primatenroboter aller Art servieren Essen und Wein und tragen Speisen aus der Küche hin und her, während die Botschafter, königliche Berater und andere Palastbeamte in geselliger Runde essen und plaudern.

Berater Pavel und ich, die wir uns am Esstisch gegenüber sitzen, haben kaum ein paar Worte miteinander gesprochen. Die Spannung zwischen uns bringt die Luft zum Knistern und ich bin nervös.

Ich habe keine Ahnung, was passieren wird.

Piper und ich gehören zusammen und ich gebe sie nicht

auf. Sie hat auf keine meiner Nachrichten geantwortet, aber sobald ich von den Pflichten des heutigen Bündnisgipfels befreit bin, gehe ich direkt auf ihr Zimmer. Und gestehe ihr meine Liebe. Und entschuldige mich dafür, dass ich ein verdammter Idiot war.

Mein Blick trifft den Blick von Pavel und für einen langen Moment schaut keiner von uns beiden weg.

Ein kleiner Schimpansenbot gießt Wein in mein Glas, bis es überläuft. Der Bot gibt merklich erschrocken Kreischlaute von sich.

„Hey, ist schon okay, Kumpel." Ich tätschelte leicht seinen glänzenden Kopf, dankbar für die Ablenkung. Die Metallohren des Roboters drehen sich nach vorne und er schreit wieder. „Es war nur ein bisschen zu viel. Es ist alles gut."

Eine Platte im Bauchbereich des Roboters öffnet sich und bringt ein Handtuch zum Vorschein, mit dem er verzweifelt die Flüssigkeit aufwischt. Er schüttet trotzdem mehr Wein in mein Glas und huscht dann zum Botschafter von Xylonn-5 hinüber, der neben mir sitzt.

Pavel fängt ein Gespräch mit einem anderen Berater an und ich tue mein Bestes, um mich zu entspannen und mein Essen zu genießen. Mein Blick schweift über die Tafel – alle Botschafter des Bündnisses sind hier. Brixus ist wie üblich abwesend, aber es gibt Gerüchte, dass er Ende dieser Woche an Danax' Hochzeit teilnehmen will. Danax sitzt ein paar Plätze weiter unten am Tisch zu meiner Linken. Er spricht mit dem Botschafter von Terre L'Sair, aber er sticht mir ins Auge und hebt kurz sein Glas, um mir zuzuprosten.

Ich erhebe auch mein Glas und nehme auch einen Schluck.

Es gibt so viel zu feiern, aber alles, woran ich denken

kann, ist die Lüge, die ich gelebt habe. Die Information, die ich ihm und allen, die mir nahestehen, vorenthalten habe.

Wenn ich mein Geheimnis nur früher mit meiner Familie geteilt hätte, wäre es vielleicht in Ordnung gewesen. Jetzt ist es zu spät. Wenn Pavel sich entscheidet, es ihnen zu erzählen …

Aber er wird es nicht tun.

Er *darf* es nicht.

Die Wahrheit würde sie alle brechen, vor allem den König.

„Prinz Manu, geht es Ihnen gut?", fragt die Botschafterin der Erde, die mir am Tisch gegenüber sitzt. Sorge zeichnet ihr Gesicht.

„Natürlich." Ich erzwinge ein Lächeln. Heilige Hölle, ich bin ein lausiger Gastgeber. „Genießen Sie Ihr Essen?"

„Oh, es ist wunderbar", sagt sie und nippt an der Brühe ihres Eintopfes. „Das erinnert mich an Hühnersuppe mit Nudeln von zu Hause."

„Hühner?", frage ich, da ich das Wort nicht kenne.

„Vielleicht etwas, das auf Ihrem Planeten Erde heimisch ist?", überlegt der Botschafter von Xylonn-5 laut.

„Ja, sie sind sehr üblich bei uns", stimmt sie zu. „Und köstlich." Sie beäugt seine eingedrehten Widderhörner, als ob sie die auch gerne aufessen würde.

Die beiden Botschafter lachen und starren sich mit glühenden Augen über ihre Suppe hinweg an – ich glaube, da läuft etwas zwischen dein beiden –, während ich auf den Bildschirm meines Tele-Armbandes tippe. Es zeigt das Holo eines Vogels, der im Dreck herumscharrt, und ich bin froh, dass ich eine Ablenkung gefunden habe, während ich die Minuten herunterzähle, bis das Mittagessen vorbei ist und ich Piper in meinen Armen halten kann.

„Im Sinne der, … ähm, … Beziehungen", sagt die Botschafterin der Erde und zwinkert ihrem gehörnten Freund zu, bevor sie ihre Aufmerksamkeit wieder mir zuwendet, „wie läuft es mit der Auswahl der Gefährtinnen hier auf Xanthara?"

„Toll", sage ich. „Einfach großartig. Die Menschenweibchen scheinen glücklich zu sein. Die erste Kohorte beendet diese Woche ihr Training –"

„Und einige wurden bereits ausgewählt", unterbricht Pavel mich. Er erwidert meinen Blick wieder, aber diesmal funkelt er mich böse an. „Tatsächlich habe ich meine bereits ausgewählt."

Ich kann ihn nur anstarren.

Nein.

Das. Wagt. Er. Nicht.

Mein Herz pocht wild in meiner Brust und lässt das Blut heftig durch meine Adern dröhnen.

„Ach?" Die Botschafterin sieht unsicher zwischen mir und Pavel hin und her, als die Spannung in der Luft unerträglich wird. „Das ist großartig. Weiß sie es?"

„Ich habe es ihr bereits gesagt. Ich habe ihr vor nicht allzu langer Zeit, kurz vor dem Mittagessen, eine Nachricht hinterlassen, in der ich sie über meine Entscheidung informiert habe. Ich werde die Verbindung heute Abend bekannt geben, was den Vertrag zwischen uns offiziell besiegeln wird."

Den Vertrag offiziell besiegeln.

„Ihr Name ist Piper", fügt Pavel hinzu, seinen Blick auf meinen gerichtet. „Feuriges Haar. Leuchtend grüne Augen. Sommersprossen."

Piper.

Die Botschafter reden weiter, ihre Münder öffnen und schließen sich, aber ich kann nichts mehr von dem hören, was sie sagen. Mein Blut schießt jetzt förmlich durch meine

Adern und pocht in einem eindringlichen, animalischen Rhythmus. Es sprechen noch mehr der Anwesenden, stehen auf, um Pavel zu gratulieren, klopfen ihm auf den Rücken …

Aber alles, was mein Drache will, ist, ihm den Kopf abzureißen und ihn in tausend Stücke zu zerfetzen.

Die Reaktion meines Drachens ist so abrupt, so beunruhigend, und sie überrascht mich völlig unvorbereitet. Meine innere Bestie schnappt wütend um sich. Stößt an die Oberfläche. Schlägt wild um sich. Windet sich. Sehnt sich danach, entfesselt zu werden und einzufordern, was ihm gehört.

Piper.

Mein Blut kocht in meinen Adern, so heiß, dass es mich fast verbrüht.

Ich spüre, wie ich aufstehe. Alle hören auf, die Lippen zu bewegen, und starren mich an. Als sich meine Sicht mit der Klarheit der Drachenaugen schärft, erkenne ich, dass meine Bestie kurz davor ist, diese Schlacht zu gewinnen.

Nein.

Mein Drache hat hier *nicht* das Sagen.

Das ist immer noch meine Entscheidung.

Aber das ändert nichts an der Wahrheit der Situation — mein Drache hat sich unsere Gefährtin ausgesucht und er ist bereit, mit allem, was wir haben, für sie zu kämpfen.

„Piper ist meine Gefährtin", höre ich mich sagen.

Die Worte hallen in meinem Kopf wider.

Ich bin mir nicht sicher, ob ich sie in meinem Kopf oder laut ausgesprochen habe, aber alle starren mich immer noch an. Ich wiederhole die Botschaft, diesmal lauter, und jetzt bin ich sicher, dass sie mir tatsächlich über die Lippen gekommen sind.

Die Worte fühlen sich gut an. Sie beschwichtigen meine Bestie. Sie helfen mir, meinen Drachen zu beruhigen, ihn wieder in mein Inneres zu ziehen. Er bäumt sich auf, ist immer noch aufgewühlt, zieht sich aber schließlich zurück.

Doch Pavel schüttelt den Kopf. Er steht. Zeigt mit dem Finger auf mich.

„Er ist ein Bastard." Sein Mund bewegt sich wieder. „Ein königlicher Bastard."

KAPITEL VIERUNDZWANZIG

PIPER

Mich an den Weg zum Parkhaus zu erinnern, ist einfacher, als ich dachte. Bald schon steht Gina vor mir, wunderschön und leuchtend rot.

„Hey, Gina." Ich nähere mich langsam, frage mich, ob Manu in ihr ein Sicherheitssystem installiert hat, und hoffe, dass kein Alarm ausgelöst wird. Sie piepst ein freundliches Hallo. Die Tür zischt auf, bevor ich überhaupt vor ihr stehe.

Sobald ich drinnen bin, rutsche ich auf den Fahrersitz und auf der Schalttafel blinken mehrfarbige Lichter. „Du erinnerst dich an mich, was?"

Gina schnurrt als Antwort.

Ich versuche, nicht an die fantastische Ausfahrt zu denken, die wir drei zusammen unternommen haben – denn so etwas wird nie wieder vorkommen. Besser kein Salz in die Wunde streuen.

Aber ich kann nicht anders, als mich wieder in die Erinnerung fallen zu lassen, und mein Herz wird schwer. Sosehr ich mir wünsche, dass das hier ein Märchen wäre und dass ich am Ende meinen Märchenprinzen bekomme, das steht für mich nicht in den Sternen.

Ich atme tief ein und fühle, wie mein Herz in Millionen kleine Stücke zerbricht.

„Ich habe mich ganz schön tief in die Scheiße manövriert, Gina. Kannst du mir helfen?"

Sie piepst beruhigend.

Ich ziehe das goldene Ei heraus, das ich unter meiner Jacke versteckt habe. Wochenlang war es das Einzige, woran ich denken konnte, der Schlüssel zu meiner Freiheit, aber alles hat sich geändert. Ich weiß jetzt, was ich tun muss.

Das Ei vibriert sanft in meinen Händen und sondert ein wenig Hitze ab. Aber da ist noch etwas anderes – ein Gefühl, das ich nicht wirklich beschreiben kann.

Etwas *Gutes*. Und Goldenes. Irgendwie warm und flauschig und auch wenn es nicht leuchtet, umgibt es mich mit einem Gefühl von Liebe und Licht. Es ist dasselbe Gefühl, das ich im Dschungel empfunden habe, besonders in dem verlassenen Raumschiff. Es mildert ein wenig die Traurigkeit, die meine Gedanken an Manu umgibt.

„Du hast richtig gute Schwingungen, weißt du das?", erzähle ich dem Ei.

Es sitzt selbstgefällig in meinen Händen und obwohl ich es gerne noch etwas länger halten würde, weil es sich so schön anfühlt, lege ich es auf den Beifahrersitz. Mir bleibt nicht viel Zeit. Ich muss das Ei in sein Versteck zurückbringen, zurück in den Dschungel, wo es hingehört. Es war so lange dort versteckt, umgeben von den Vögeln, Käfern und Bäumen, sicher verwahrt vor denen, die es ausbeuten wollen.

Wie Orgalia. Sie wird danach suchen.

Und nach *mir*.

Ich habe einen Vorsprung, aber sie wird schon bald merken, dass ich weg bin. Sie hat bereits vermutet, dass ich weiß, wo das Ei sich befindet, und sie wird mich im Auge behalten wollen. Meine Hand wandert in meinen Nacken zu dem Tracker-Implantat und zum millionsten Mal wünsche ich mir, es wäre weg.

Ich muss mich beeilen.

Die Freiheit scheint eine Million Lichtjahre entfernt zu sein, weiter als je zuvor, aber meine Aufgabe ist weitaus wichtiger. Ich habe es vermasselt, das Ei gestohlen und den Mann, den ich liebe, verraten – und obwohl Manu mir das nie verzeihen würde, wenn er es herausfände, ist es noch nicht zu spät, alles in meiner Macht Stehende zu tun, um meinen Fehler wiedergutzumachen. Das Ei gehört hierher, nach Xanthara. Nicht in die schmutzigen Hände irgendeines Herzogs aus Naxia, der es nur seiner Sammlung von ausgefallenen Artefakten hinzufügen will.

Ich bin entschlossen, meine Freiheit zu erlangen, aber es wird auf eine andere Art und Weise geschehen müssen.

Ich habe die meiste Zeit meines Lebens damit verbracht, für jemanden zu stehlen, der keine Ehre besitzt – absolut keine. Ich habe meine Rolle gespielt, meine Pflicht getan und den Kodex befolgt, … nur um herauszufinden, dass Orgalia gar nie geplant hat, mich freizulassen. *Sie* hat den Kodex nicht befolgt.

Ich schulde ihr überhaupt nichts mehr.

Sie kann mir drohen, so viel sie will – und es ist ziemlich beängstigend, darüber nachzudenken –, aber ich werde einen Weg finden. Ich muss einen Weg finden. Ich werde nicht länger für sie lügen. Für sie stehlen.

Dieser Teil meines Lebens ist vorbei.

„Okay, Gina. Bereit für einen Ausflug, nur wir beide?"

Sie grummelt zustimmend.

Ich betrachte die Bedienelemente auf der Instrumententafel und sie wirken so fremd, so anders als alles, was ich bisher in den Hovercrafts gesehen habe. Aber ich weiß noch, dass ich Manu dabei zugesehen habe, wie er mit dem Lenkrad gesteuert hat und die Pedale in der Nähe seiner Füße benutzt hat, und ich bin sicher, dass ich das hinkriegen werde.

Ich drücke einen großen grünen Knopf auf dem Armaturenbrett. Gina erwacht brüllend zum Leben und ihr Motor schnurrt. Ich sehe schnell auf meinem Tele-Armband nach der Uhrzeit und stelle zufrieden fest, dass ich perfekt im Zeitplan liege.

Das Armband weist mich blinkend auf eine ungelesene Nachricht hin. Als ich auf das Display tippe, öffnet sich ein Holo vor mir.

Ich brauche einen Moment, um den wuchtigen Xantharianer-Körper und das grimmige Gesicht, das mich begrüßt, zu erfassen. Es ist Hauptberater Pavel, der Typ, den ich auf dem Gang des Palastes getroffen habe.

Seine sachliche Stimme dröhnt durch das Fahrzeug.

Hallo, Piper. Ich möchte bekannt geben, dass ich dich als meine Gefährtin annehme. Du und ich, wir haben eine gute Passung, den Informationen in deinem Zuchtvertrag nach zu schließen. Ich werde unsere Verbindung heute Abend offiziell verkünden.

Whoa.

In meiner Kehle bildet sich ein fetter Kloß. Mein Atem stockt in meiner Brust.

Ich lasse die Nachricht erneut abspielen und verarbeite diese Information. Schließlich kapiere ich es. Und meine Erkenntnis trifft mich wie ein Schlag in die Magengrube.

Ich bin … zur Zucht ausgewählt worden.

Berater Pavel hat *mich* ausgewählt.

Und sobald die offizielle Ankündigung erfolgt – heute Abend! –, ist die Verbindung besiegelt und ich bin dazu verdammt, bis in alle Ewigkeit den Horizontal-Mambo mit Berater Pavel zu tanzen. Irreversibel.

Seine Worte wirbeln in meinem Kopf umher. *Gute Passung. Als Gefährtin annehmen.*

Das ist alles so trocken. So sachlich. Pavel eröffnet mir die Aussichten auf ein gemeinsames Leben auf die gleiche Weise, wie er eine Einkaufsliste durchgehen würde. Das ist nur ein Vertrag für ihn, ein Dienst an seinem Planeten.

Die Botschaft spielt mittlerweile in einer Endlosschleife und ich kann meinen Blick nicht von seinem stoischen Gesicht lösen. Von seinen stählernen Augen. Den dünnen, einprägsamen Lippen. Ich bin sicher, er wäre nicht unfreundlich zu mir, aber es wäre wie ein Flirt mit einer Backsteinmauer für den Rest meines Lebens.

Aber ich will nicht mit einer Backsteinmauer verheiratet sein! Ich will …

Ich stoße einen gewaltigen Atemzug aus. Es spielt keine Rolle, was ich im Moment will. Ich weiß nur, dass ich nicht mit Berater Pavel verheiratet sein, im selben Palast wie meine große Liebe leben und mich fragen kann, wie es gewesen wäre, wenn Manu mich zu seiner Gefährtin auserkoren hätte.

Ich muss nicht nur das Ei in sein Versteck zurückbringen, sondern dann muss ich auch noch den Planeten verlassen, und zwar so schnell wie möglich. Ich kann nicht hier auf Xanthara bleiben. Ich habe keine Einheiten übrig, aber ich werde in die Grube gehen – irgendjemand wird bestimmt bereit sein, mich auf seinem Schiff mitzunehmen.

Mein Herz bricht noch ein wenig weiter, als ob es nicht sowieso schon in unzählige Stücke zerfallen wäre. „Okay, Gina. Lass uns von hier verschwinden."

Ich drücke meinen Fuß auf das Pedal und wir brausen los.

KAPITEL FÜNFUNDZWANZIG

Die Stadt Na'Ru zischt unter uns vorbei. Gina liegt geschmeidig und ruhig in der Luft und ich habe mich schnell an das Lenkrad und die Pedale gewöhnt. Ein paar blau-weiß gestreifte Vögel gesellen sich zu uns.

„Wir werden an der Küste entlangfliegen", erzähle ich dem Auto, „und sobald wir das Gesicht der Hadraxkatze auf dem Felsbrocken erkennen können, biegen wir nach links ab."

Gina dudelt zustimmend und ein paar Minuten läuft noch alles wie am Schnürchen. Aber plötzlich beginnen die Lichter an ihrem Bedienfeld zu blinken – wild, in allen verschiedenen Farben.

„Gina? Was ist los?"

Das Auto gibt einen Alarmton ab. Weitere helle, blinkende Lichter leuchten in der gesamten Kabine auf. Ein Knall ertönt und im nächsten Moment strömt Rauch außen an den Fenstern vorbei.

Ach du Scheiße. Irgendwas stimmt nicht mit Gina.

Service erforderlich! Service erforderlich! Die Meldung blinkt verzweifelt auf dem Kontrollschirm auf.

Okay. Gut.

„Gina, wir müssen irgendwo sicher landen, und zwar sofort."

Ich lenke sie abwärts, suche nach einer freien Fläche und schicke sie in eine weitläufige Kurve. Das Hovercar ruckelt und sein zuvor geschmeidiger Gang ist jetzt abgehackt und grob. Der Motor stottert und brüllt. Im Inneren funkelt und blinkt alles wie eine verrückt gewordene Discokugel, während ich weiter an den Bedienelementen hantiere, ohne wirklich sicher zu sein, was zum Teufel ich da tue.

Gina neigt sich nach vorne.

Gluckst ein paar Mal.

Wir stürzen ab und fallen wie ein Stein vom Himmel. Rasen, … taumeln, … im freien Fall auf den Boden zu.

Oh, mein Gott! Wir stürzen ab. Nein, ... nein, ... oh bitte nicht ...

Das Grün des xantharianischen Dschungels blitzt vor meinen Augen auf – ebenso wie mein Leben–, während ich selbst trotz meines Sicherheitsgurtes hin- und hergeschleudert werde.

Gina stottert wieder und gibt ein Geräusch von sich wie ein sterbender Drache, … bevor sie plötzlich nach oben verreißt und wir plötzlich beinahe senkrecht in die Luft schießen.

Mein Herz pocht wild in meiner Brust. In mir brodelt Panik. Ich atme langsam und tief durch und zwinge mich zur Ruhe. Dann prüfe ich sorgfältig alle blinkenden Kontrollleuchten.

Es ist überhaupt nichts beschriftet. *Verdammt, Manu! Dieses Fahrzeug braucht eine Bedienungsanleitung oder Schilder oder, ... oder irgendetwas.*

Egal, was!

Ich drücke ein paar vielversprechende Knöpfe, aber das

Fahrzeug wackelt unkontrolliert. Noch mehr schwarzer Rauch umgibt uns.

Ich werde umhergebeutelt und wir schlingern von Seite zu Seite. Durch den schwarzen Rauch ist es unmöglich, etwas vor mir zu erkennen. Mittlerweile ist es mir völlig egal, was ich tue – ich presse willkürlich Knöpfe, ziehe an Hebeln und kippe Schalter um, obwohl ich nicht davon überzeugt bin, dass irgendetwas davon hilft.

Ginas Pieptöne werden nur noch lauter und hektischer. Das Hovercar ist völlig außer Kontrolle. Im freien Fall durch die Luft zu rasen gibt mir das Gefühl, als würde mir der Magen bis in den Hals gedrückt werden.

Dann ertönt plötzlich ein schrilles Geräusch. Es dauert ein paar Augenblicke, bis mir klar wird, dass ich es verursache … Ich brülle aus tiefster Seele. „Ginaaaaaaaaaaaaa!", schreie ich, schließe meine Augen, hoffe und bete und schreie noch ein wenig mehr.

Rums.

Der Aufprall schleudert mich zurück gegen meinen Sitz. Das Auto bebt, als ob sich die Welt dem Ende zuneigt und in einen verrückten Abgrund stürzt. Die Luft entweicht ruckartig aus meinen Lungen und meine Sinne sind erschüttert.

Rums-bums. Das heftige Gepolter geht weiter und stellt alles auf den Kopf, immer und immer wieder.

Ich versuche, durchzuhalten, und klammere mich an das Lenkrad. Meine Stimme ist heiser und rau von dem vielen Schreien.

Und dann warte ich darauf, auf den finalen Aufschlag, bei dem alles schwarz wird.

KAPITEL SECHSUNDZWANZIG

MANU

Er ist ein königlicher Bastard.

Pavels Worte hallen in meinem Kopf wider, während sich mein Sehvermögen normalisiert und meine innere Bestie sich noch tiefer in mein Innerstes zurückzieht. Sie ist alles andere als ruhig, aber überaus besänftigt – besonders, da wir unsere Gefährtin verbal beansprucht haben. Ich kämpfe nicht mehr gegen meine Verwandlung an.

Das ändert jedoch alles nichts an der Tatsache, dass mich jedes Wesen im Saal anstarrt. Pavel hat mein Geheimnis gelüftet – nicht nur vor meiner Familie, sondern vor dem gesamten Bündnisgipfel.

Vor *allen*.

Langsam lasse ich meinen Blick durch den Raum wandern. Über sechzig Botschafter aus der ganzen Galaxie. Berater. Hochrangige Palastbeamte.

Niemand sagt etwas.

Danax begegnet meinem Blick und hält ihn fest, sein Ausdruck streng und unlesbar wie immer. Was kann ich ihm nur sagen, um all das wiedergutzumachen?

Entschuldige bitte. Ich wünschte, ich hätte es dir schon vor Ewigkeiten gesagt.

Mein Blick wandert weiter. Der Mund von Königin Ariadne ist in ein kleines O. Und neben ihr sitzt mein Vater, der König. Die Jahre haben Spuren auf seinem Gesicht hinterlassen. Auf dem Gesicht des Mannes, den ich so lange für meinen Vater gehalten hatte. Ihn kann ich in diesem Moment auch nicht lesen.

Er ist mein ganzes Leben lang für mich da gewesen. Hat mich und alle meine Brüder allein aufgezogen, nachdem unsere Mutter gestorben war. Hat mich bei all meinen Entscheidungen unterstützt – nun, vielleicht nicht bei allen, vor allem nicht bei allen Hovercars, aber bei den meisten davon.

Ich betrachte ihn immer noch als meinen Vater. Wie könnte ich das nicht? Und dennoch habe ich mein Geheimnis all die Jahre vor ihm geheim gehalten.

Scham und Schuldgefühle drohen mich zu überwältigen. Ich kann mir nicht vorstellen, was er davon hält, es auf diese Weise zu erfahren. Dass er zusammen mit dem Rest des verdammten Kosmos erfährt, dass ich nicht sein leiblicher Sohn bin.

Entschuldige. Es tut mir leid.

Ich suche nach Worten, aber nichts scheint passend zu sein. Was zum Teufel soll ich sagen?

Schließlich ergreift Pavel wieder das Wort und bricht das Schweigen. „Verehrte Mitglieder des Bündnisses, ich weiß, dass Sie über diese Nachricht schockiert sind. Manu, unser geliebter Prinz, ist nicht der wahre Sohn von König Aurelian. Soll ich Ihnen die Beweise zeigen?"

Verwirrung legt sich auf die Gesichter der Bündnismitglieder und geflüstertes Gemurmel hallt durch den Raum.

In diesem Moment bemerke ich, dass ich immer noch

stehe, aber es käme mir seltsam vor, mich hinzusetzen. Ich stehe im Rampenlicht und bin bereit, mich der Aufmerksamkeit zu stellen. Ich zwinge mich, stark und gleichmäßig zu atmen, mein Herz donnert.

Pavel tippt auf sein Komm-Armband und über dem Esstisch erscheint ein Holo aus zwei schimmernden, rotierenden Doppelspiralen. Mein Name blinkt über einer von ihnen. Und über der anderen … steht Raygaars Name.

„Bioinformatic-Scan durchführen", instruiert Pavel.

Die Spiralen drehen sich um ihre eigene Achse. Die Zeit scheint stillzustehen. Schließlich blinkt der Bildschirm mit hellgrünen Buchstaben.

Sequenzanalyse abgeschlossen.

Ich halte den Atem an und der ganze Raum tut es auch.

Väterliche Übereinstimmung bestätigt.

Ich starre auf die Worte. Ich weiß, dass sie korrekt sind, aber als ich sehe, wie sie mich anblinken, fühlt es sich an wie ein Vorschlaghammer, der aus der Luft herabstürzt.

Die Bündnismitglieder tauschen Blicke aus. Pavel entblößt seine Zähne in der Anmutung eines seltsamen, verdrehten Grinsens. Der König sitzt still da, mit ausdrucksloser Miene.

„Prinz Manus wahrer Vater ist Raygaar, der Barbesitzer", sagt Pavel mit Abscheu in seiner Stimme. „Er ist der Sohn eines einfachen Bürgers. Seine königliche Abstammung ist befleckt. Dennoch möchte er das Weibchen beanspruchen, das ich, der Hauptberater, zur Zucht auserkoren habe?"

Mein inneres Biest poltert wieder in mir und ich balle die Fäuste. Pipers Gesicht taucht vor meinem inneren Auge auf. Feuerrotes Haar. Leuchtend grüne Augen. Die Art, wie sie ihre Nase rümpft, und ihr ansteckendes Lachen. Sie bringt alles um sich herum zum Strahlen und mich sogar zum Brennen.

Das kann mir keiner nehmen, egal was passiert. Mein Drache strotzt vor Liebe zu ihr und ich möchte, dass die ganze Welt davon erfährt.

„Ja." Meine Stimme erklingt laut und deutlich, als ich mich an das Bündnis wende. „Piper ist meine wahre Gefährtin. Mein Drache hat sie auserwählt. Nichts, was Berater Pavel sagt oder tut, macht einen Unterschied, ich werde bis auf den Tod um sie kämpfen. Was den Rest davon betrifft …" Ich gestikuliere in die Richtung der rotierenden Spiralen und wende mich mit staubtrockener Kehle an meinen Vater. „Auch das ist wahr. Ich bin …"

„Mein Sohn", unterbricht mich König Aurelian und erhebt sich. „Du bist mein Sohn."

Ich starre ihn an und bin nicht sicher, ob ich seine Worte richtig verstanden habe. Ein Lächeln wandert über sein Gesicht, während er auf mich zukommt. Seine Hände drücken meine Schultern und alle im Raum sehen mit großen Augen zu.

„Du bist zwar nicht mein leiblicher Sohn, aber du bist nichtsdestotrotz mein Sohn", sagt der König. „Das warst du immer und das wirst du immer sein."

Ich umschließe die Hand, die er mir anbietet, aber ich bin völlig perplex und absolut sprachlos.

„A-aber …", stottert Pavel. „Er *weiß*, dass er von jemand anderem gezeugt wurde! Und er –"

„Es reicht, Berater Pavel." Der Ton von König Aurelian schneidet die Luft wie ein Messer. „Und all das", gestikuliert der König zu den zwei Spiralen und spricht zu den Gästen, „weiß ich schon seit langer Zeit. Manu wurde aus einer Verbindung der Liebe heraus geboren. Ist das so schrecklich? Ich glaube nicht. Er ist zu einem Mann herangewachsen, den ich voller Stolz meinen Sohn nenne."

„Du … wusstest es?" Es fühlt sich seltsam an, ihn das vor allen Anwesenden zu fragen, aber ich tue es trotzdem.

„Ja. Deine Mutter hat es mir vor langer, langer Zeit erzählt." Der König lächelt wieder. „Ihr Drache und meiner waren leider nicht füreinander geschaffen, aber unsere Beziehung war dennoch eine freundschaftliche und wir haben uns den Respekt der Ehrlichkeit erwiesen."

Also hat sie es ihm doch gesagt. Ich atme tief aus.

„Und als mein Drache schließlich doch eine Gefährtin wählte, konnte ich das alles noch besser verstehen." Er streckt Königin Ariadne seine Hand entgegen und sie eilt herbei, um uns beide zu umarmen. „Liebe lässt uns oft verrückte Dinge tun."

Danax erhebt sich von seinem Stuhl und kommt auf mich zu.

Ich verlagere mein Gewicht und weiß nicht genau, was ich sagen soll. „Ich wollte es dir sagen …"

„Ich wusste es bereits." Ein Lächeln umspielt Danax' Lippen – seltsam, denn er lächelt sonst eigentlich *nie* – und er nimmt meine Hand, bevor er mich in eine Umarmung zieht.

Scheiße! Eine Umarmung und ein Lächeln von meinem Bruder. Hätte nie gedacht, dass das ausgerechnet an dem Tag passieren würde, an dem ich die „Lasst uns der Welt sagen, dass ich ein Bastard bin"-Karte ziehe.

„Brixus weiß es auch", fährt Danax fort. „Eigentlich war er derjenige, der immer wieder gefragt hat, warum du nicht aussiehst wie wir. Schließlich beschloss Vater, es uns zu erzählen, damit Brixus aufhört, sich Geschichten darüber auszudenken, dass du das Kind des Gärtners bist."

Genau. Weil ich ja eigentlich das Kind des Barbetreibers bin. Ich bin ein wenig überrascht, als mir dämmert, dass das für mich in Ordnung ist.

Völlig in Ordnung sogar.

Meine Familie steht an meiner Seite – mein Vater, Danax und Königin Ariadne –, während der Saal in Applaus und Jubel ausbricht. Glückwünsche zur Verkündung meiner Gefährtin tönen durch die Luft. Die Gäste schwärmen um mich herum, schütteln mir die Hand und klopfen mir auf den Rücken.

König Aurelian wendet sich an seine Wachen und weist sie an, Pavel wegzubringen. Als die Wachen den Berater aus dem Raum führen, steht ihm die Demütigung ins Gesicht geschrieben.

„Mehr Wein für alle!", ruft mein Vater freudig und Primaten-Bots eilen los. „Und was dich betrifft", sagt er und wendet sich zu mir, „dein Drache hat gewählt, Manu. Verschwende keine Zeit mehr und sage es dem Mädchen, um Himmels willen!"

KAPITEL SIEBENUNDZWANZIG

PIPER

So abenteuerlich es auch klingt, in den Dschungel zu stürzen ist nicht meine Vorstellung von Spaß. Ich halte den Atem an und warte darauf, dass wir unseren Sturzflug durch die Bäume fortsetzen.

Aber nichts geschieht. Wir sind zum Stillstand gekommen. Langsam öffne ich die Augen. Noch immer erfüllt Rauch die Luft, aber nach und nach kann ich dahinter üppiges, dichtes Grün erkennen.

Ich fasse es nicht! Wir stecken in einem Baum!

Ginas Lichter leuchten nur schwach und sie gibt ein leises, besiegtes Gedudel von sich. Es folgt eine weiteres, diesmal fragender.

Vorsichtig bewege ich meine Gliedmaßen und ja, sie funktionieren alle. „Ja, ist schon gut, Gina. Mir gehts gut."

Ich bin ein wenig durchgeschüttelt, aber wir sind schließlich durch die Luft gerast und in den Dschungel gekracht, bevor wir auf einem Baum gelandet sind. Aber alle meine Körperteile scheinen noch beweglich zu sein und obwohl trotz der Beule auf meinem Kopf, die etwas schmerzhaft ist, und abgesehen von ein paar Kratzern, bin ich froh, dass ich noch ganz bin.

Gina öffnet ihre Tür mit einem Zische, und Rauchfahnen wehen herein. Ich huste und halte mir die Hand vor den Mund. „Ich muss hier raus", keuche ich. „Ich hole Hilfe für dich, Gina."

Ich schiebe das Ei unter mein Hemd und stehe langsam gebückt auf. Ich mache einen vorsichtigen Schritt. Und dann einen zweiten. Nichts wippt, zum Glück, aber eine weitere Rauchwolke weht herein und droht, mich zu ersticken. Ich krieche hinaus, kaum in der Lage, den Boden unter mir zu sehen, weil der Rauch in dichten Schwaden aus Ginas Motorhaube austritt.

Wow. Wir hängen ziemlich weit oben. Ginas schickes Hinterteil ist zwischen zwei riesigen Ästen eingeklemmt und ihre Motorhaube steht schräg weg. „Halt dich fest", sage ich ihr. „Ich bin bald wieder da!"

Ich nehme *Zuckerbrot* von ihrem Platz unter dem Bund meiner Hose und peitsche sie eng um einen Ast. Dann ziehe ich sie fest und seil mich ab, bis ich auf dem Boden aufschlage.

Der Dschungel ist dicht und feucht, wie erwartet, und fühlt sich sogar ein bisschen vertraut an. Ich aktiviere mein Tele-Armband und stelle fest, dass ich eine Menge verpasster Anrufen von Manu habe. Aber es ist sinnlos, ihn zurückzurufen. Schließlich kann ich ihm schlecht sagen, dass ich an meinen Plänen arbeite, den Planeten zu verlassen.

Stattdessen öffne ich die Karten-App und weine fast vor Erleichterung.

Ich befinde mich am Rande der Zivilisation, gar nicht weit von der Grube entfernt. Ich laufe sofort los und lasse mich von meinem Ortungssystem leiten, während ich mit meiner Peitsche das Gestrüpp und die Reben zerschlage, die sich mir in den Weg stellen. Ich habe keine Zeit zu verlieren. Gina ist kurz davor zu explodieren und nicht nur das – je länger ich brauche, desto eher wird mir Orgalia auf der Spur sein.

Was auch passiert, ich muss sicherstellen, dass dieses Ei sicher und gut versteckt ist, bevor sie sich entscheidet, Jagd auf mich zu machen. Ich muss einen Weg finden, Xanthara zu verlassen.

Ich schaffe es in weniger als zehn Minuten in die Grube, platze durch die baufällige Tür herein und war noch nie in meinem Leben so glücklich, diese heruntergekommene Spelunke zu betreten.

Es dauert ein paar Augenblicke, bis sich meine Augen nach der grellen Sonne draußen an das gedämpfte Licht gewöhnt haben. Es ist noch früh am Tag und die Bar ist ziemlich leer – ein betrunkener Bruul hängt quer über einen Tisch, ein einsamer Saxofonspieler spielt in der Ecke eine traurige Melodie und an der Bar sitzt ein großer, zerrupfter Zyloide. Auf seinem Schoß sitzt ein Bot und die meisten seiner Tentakel – mit Ausnahme desjenigen, den er benutzt, um seinen Drink zu genießen – stecken unter ihrem Rock.

Ich atme leicht panisch aus. *Okay, die Auswahl an Helfern ist recht eingeschränkt.*

Mein Blick wandert über den Tresen. Die üblichen Barkeeper-Bots stehen herum und plaudern …

Und dann ist da noch Raygaar. Der Besitzer. Er poliert mit einem Handtuch Gläser auf und ist nachdenklich in seine Arbeit vertieft.

Ich gehe zu ihm hinüber und setze mich auf einen Hocker. „Hey, Raygaar", sage ich, lehne mich über den Tresen und röchle immer noch ein bisschen von dem vielen Rauch, den ich eingeatmet habe. „Ich brauche bitte deine Hilfe, weil –"

Das Ei rollt unter meinem Oberteil hervor und landet mit einem lauten metallischen Geräusch auf dem Tresen.

Ach du Scheiße.

Raygaar starrt es an und hebt dann fragend eine Augenbraue. Er legt sein Handtuch ab und streckt die Hand aus, um das Ei daran zu hindern, weiterzurollen. Nach einer Sekunde winden sich seine Finger sanft um das Artefakt, bevor er es zu mir zurückschiebt.

Böses Ei! Diesmal stecke ich es in meinen Hosenbund.

„Eine rubinrote Margarita für dich?", fragt Raygaar. Er beobachtet mich neugierig.

„Ähm, nein, danke, ich kann heute nicht." Mein Verstand überschlägt sich. „Mein Hovercar, … also, es ist draußen, in diesem Baum, … und es raucht und ich mache mir Sorgen …" Ich mache eine riesige explosive Bewegung mit meinen Händen.

Ich habe keine Ahnung, ob Gina wirklich explodieren oder in Brand geraten könnte oder was auch immer, aber es sieht nicht gut für sie aus. „Sie hat zu rauchen begonnen, bevor wir in den Baum gestürzt sind", füge ich hinzu. „Glaubst du, du könntest mir helfen, sie zu reparieren?"

Raygaar wirkt ziemlich gelassen und nickt einfach. „In welcher Richtung?"

Ich zeige nach Nordosten. „Du kannst es nicht verfehlen. Folge einfach dem Rauch."

„Ich trommle meine Truppe zusammen", sagt Raygaar, „und dann treffen wir uns dort, sobald ich kann."

ALS RAYGAAR von Truppen gesprochen hat, hat er das faszinierendste Gefolge von Bots gemeint, das ich je gesehen habe.

Er taucht durch das dichte Laubwerk auf, flankiert von seiner kunterbunten Mannschaft. Einige von ihnen gehen zu Fuß, während andere auf Rädern rollen. Drohnen schweben über seinem Kopf. Wildes Piepen, Summen und eine laute Kakofonie von Robotergeräuschen vermischen sich mit den Geräuschen des Dschungels, während die seltsame Droiden-armee vorwärtsschlurft.

„Lass uns erst den Rauch unter Kontrolle bringen und sie dann runterholen", sagt der Barkeeper. Er schleppt ein paar dunkelblaue Kanister, behält einige davon selbst und verteilt den Rest an seine Truppe.

Die Bots schwirren aus. Die Drohnen surren um Gina herum, während die Bots mit Gliedmaßen auf allen vieren den Baum hinaufklettern. In weniger als fünf Minuten haben sie sie mit einer dicken weißen Masse übergossen, dicke Seile um sie gewickelt und sie sanft zu Boden gelassen.

Sie ist ein wenig verbeult und mit schaumigem Zeug bedeckt, aber sie raucht nicht mehr und sieht ansonsten richtig gut aus für das, was sie alles durchgemacht hat. Sie knurrt tief und anhaltend. Ihre Frontscheinwerfer blinken zum Dank hell auf.

„Danke", sage ich zu Raygaar. „Und danke euch allen." Die Bots huschen und schlurfen um Raygaar herum und ich strahle sie begeistert an.

Der Barkeeper nickt auf seine unbeschwerte Art. „Mal sehen, ob ich sie reparieren kann." Er legt eine Hand auf ihre Motorhaube und zwei Paneele gleiten auf, um ihr Inneres freizulegen. „Oh. Hmmm." Er stochert darin herum, während die Bots weiter um ihn herum piepsen und summen.

Ich halte den Atem an.

Oh, bitte, bitte sag mir, dass du sie reparieren kannst.

Ich lege eine Hand auf das Ei, das immer noch in meiner

Hose steckt. Ich will nicht nur, dass es Gina gut geht – sie ist auch mein einziges Transportmittel.

Ein lautes Flattern von Drachenflügeln lässt mich meinen Blick zum Himmel wandern. Ein dunkler Schatten fliegt zu uns.

Es ist Manu.

Eine Reihe wilder Emotionen durchzuckt mich, als ich seine blaue Gestalt über dem Wald kreisen sehe. Seine Schuppen glitzern im Sonnenlicht. Er ist atemberaubend schön und obwohl ich es nicht will, tanzt mein Herz seinen üblichen Freudentanz, wann immer ich ihn sehe. Er landet, erschüttert den Boden mit einem lauten Aufprall und verwandelt sich in seine menschliche Gestalt.

Nackt, natürlich. *Verdammt!*

KAPITEL ACHTUNDZWANZIG

MANU

Ich werde nicht lügen – ich liebe es, wie Piper mein Gemächt anglotzt –, aber die Sorge um ihr Wohlergehen hat für mich oberste Priorität. Ich bin mit Schallgeschwindigkeit geflogen, um zu ihr zu gelangen, und konnte an nichts anderes denken als an ihre Sicherheit.

Wenn Raygaar nicht gewesen wäre, hätte ich nie erfahren, dass sie hier ist.

Ich eile zu ihr, nehme ihr Gesicht in meine Hände und suche sie nach Verletzungen ab. „Piper, geht es dir gut?"

„Ähm, … ja." Ihre Stimme schwankt ein wenig. Sie sieht zu Boden und vermeidet meinen Blick. Ihr Haar ist zerzaust und auf ihrer Stirn breitet sich ein Bluterguss aus. Ansonsten scheint es ihr Gott sei Dank gutzugehen.

Ich entspanne mich ein wenig und atme heftig aus. Die Panik, die sich seit Raygaars Nachricht in mir aufgebaut hat, beginnt nachzulassen. *Sie ist hier*, hatte er gesagt. *Und ich glaube, sie steckt in Schwierigkeiten.* Ich habe keine Minute vergeudet und habe mich sofort auf den Weg gemacht, bin schneller geflogen als je zuvor, und mein Drache konnte es nicht erwarten, bei ihr zu sein. Dass sie mich nicht zurückgerufen hat, hat auch nicht geholfen.

Aber sie ist in Sicherheit und in einem Stück und nichts anderes ist von Bedeutung.

„Du bist verletzt", sage ich und streiche mit meinen Fingern sanft über ihre Beule. „Was ist passiert? Raygaar hat mir gesagt, dass du in die Grube gekommen bist."

„Es geht mir gut. Alles in Ordnung."

Aber sie sieht mir immer noch nicht in die Augen und als ich versuche, sie näher an mich zu ziehen, ist sie starr und verkrampft in meinen Armen.

Irgendetwas stimmt nicht.

„Piper, … hey." Ich hebe ihr Kinn an und endlich sieht sie mich an. Ihre Augen sind von Schmerz und Traurigkeit erfüllt und es tut mir im Herzen weh, sie so zu sehen. Das Letzte, was ich will, ist, dass sie aufgebracht ist. „Was ist denn los?"

Ich schiebe sie ein bisschen weg und suche erneut nach Verletzungen, aber ich finde keine. „Bringen wir dich zurück in den Palast und lassen dich von einem Arzt untersuchen."

„Nein! Es geht mir gut, wirklich." Sie wirft einen nervösen Blick auf ein Hovercar, das mit einer weißen Substanz beschichtet ist und in einem Gewirr von Dschungelranken zwischen den Bäumen liegt. In ihrer Stimme ist eine gewisse Dringlichkeit zu hören. „Ich muss nur …"

Mein Blick folgt ihrem und verweilt auf dem Fahrzeug. Raygaar hat die Motorhaube geöffnet und bastelt darin herum. Alles ist voller Schaum, es sieht eklig aus und … irgendwie vertraut.

Das ist doch nicht …

Nein. Das kann nicht sein.

Das Auto gibt einen Ton von sich, den ich erkenne, und blinkt verzweifelt mit seinen Lichtern. Ein großer Klecks der weißen Masse tropft auf den Boden und enthüllt leuchtendes Rot.

Ach du Scheiße. Das ist Gina.

Auf Pipers Gesicht spiegeln sich Schüchternheit und Verzweiflung wider. „Ja. Es ist Gina … und es tut mir so leid. Ich habe sie auf eine kleine Spritztour ausgeführt und sie fing an zu rauchen, dann sind wir gegen den Baum gekracht –"

„Ihr seid in einen Baum *gekracht*?" Eine weitere Welle der Panik überrollt mich, obwohl ich Piper in meinen Armen halte und sie offensichtlich unversehrt ist. Raygaar hat mir nichts von dem Absturz erzählt. Ich ziehe sie noch enger an mich, atme in ihr Haar und weiß nicht, was ich tun würde, wenn sie wirklich verletzt worden wäre. „Ich bin so froh, dass es dir gut geht."

Sie windet sich in meinem Griff. „Manu, es tut mir leid …"

„Es ist okay", unterbreche ich sie. „Es macht mir nichts aus, dass du sie alleine ausgeführt hast. Es ist in Ordnung, wirklich, und ich bin froh, dass es dir gut geht. Du musst dich deswegen nicht schlecht fühlen. Was meins ist, ist deins."

Wenn sich jemand schlecht fühlen sollte, dann ich – ich hatte an Gina gearbeitet und war mit dem Austausch einer fehlerhaften Verkabelung, die ich entdeckt hatte, noch nicht fertig. Sie hätte nicht gefahren werden dürfen, aber Piper wusste das natürlich nicht.

Piper windet sich noch heftiger und befreit sich aus meiner Umarmung. „Nein. Du verstehst es nicht." Kummer legt sich über die Züge ihres hübschen Gesichts. „Ich habe nicht viel Zeit. Ich muss …" Sie zuckt mit den Achseln, ihr Blick zuckt wieder zu dem Auto und sie beißt sich frustriert auf die Lippe.

„Was meinst du? Zeit wofür?" Ich versuche, ihre Hände zu halten, aber sie reißt sie weg.

„Manu, bitte – es ist schwer zu erklären. Aber ich muss los, sofort."

„Was ist los? Du kannst mir alles sagen, Piper. Ich liebe dich. Ich würde alles für dich tun."

Sie schüttelt den Kopf und Tränen laufen ihr über die Wangen. Sie greift unter ihr Hemd und holt einen Gegenstand heraus. Sein goldener Schimmer wird von dem einfallenden Sonnenlicht strahlend reflektiert.

Es ist das goldene Ei von Atlantis.

KAPITEL NEUNUNDZWANZIG

PIPER

*D*er Ausdruck auf Manus Gesicht wechselt von besorgt über überrascht …

… zu unlesbar.

Mein Herz wird noch schwerer, als es sowieso schon ist. Ich möchte alles, was ich getan habe, rückgängig machen und noch einmal ganz von vorne anfangen.

Ich möchte einfach Piper sein, das Mädchen mit den roten Haaren und den Sommersprossen, das gerne auf Drachen reitet und Cocktails trinkt. Das Mädchen, das ab und zu gerne die Peitsche knallen lässt.

Nicht Piper, die Diebin.

Das bin nicht mehr ich, aber dennoch stehe ich jetzt hier und halte das goldene Ei in meinen verschwitzten Händen. Das Monster in meinem Magen ist wieder da und diesmal windet es sich heftig, fällt über meine Eingeweide her und verbeißt sich schmerzhaft in ihnen.

Ich liebe ihn so sehr, dass es weh tut. Manu sagt, er liebt mich auch, aber ich bin mir nicht sicher, ob er nach dem, was gleich kommt, auch noch so für mich empfinden wird.

„Warum hast du das Ei, Piper?", fragt er schließlich.

Ein Kloß steckt mir im Hals. Egal, was passiert, ich muss mit ihm ins Reine kommen. Ihm die Wahrheit sagen. Er verdient es, alles zu wissen, und auch wenn ich mir nicht sicher bin, ob er mein Gesicht je wiedersehen will, ist es das Richtige.

Ich atme tief ein. „Ich habe es dir gestohlen."

Und dann erzähle ich ihm alles – jedes einzelne Fünkchen meiner Wahrheit, ohne etwas auszulassen. Von meiner naxianischen Herkunft. Meiner Jugend bei Orgalia. Von meiner Knechtschaft und meinem Tracker-Implantat. Und auch, als ich ihm von meiner Mission erzähle, das goldene Ei zu stehlen, hört er mir leise zu.

Ich beende meine Geschichte, lasse kein Detail aus, erzähle ihm sogar, warum Zanthor und seine Schlägertypen mir im Nacken sitzen – und atme dann erleichtert aus. „Ich liebe dich auch, Manu. Und ich verstehe es, wenn du nichts mehr mit mir zu tun haben willst."

Dann warte ich. Auf den Schlag, der meine Seele zertrümmern wird. Ich möchte nach unten schauen, begegne aber stattdessen dem Blick von Manu, bereit für alles, was kommt.

Aber anstatt mein Herz in eine Million Stücke zu zerschlagen, tut er etwas, womit ich überhaupt nicht gerechnet habe. Er küsst er mich. Seine Berührung ist leidenschaftlich und sexy und seine Lippen schmelzen förmlich an meinen.

Mir stockt der Atem und mein Herz pocht wie verrückt, passt sich seinem eigenen Herzschlag an und dem wilden, verrückten Puls des Dschungels.

Als wir schließlich Luft holen, grinst er mich an.

„Ich schätze, ich muss wohl besser auf meine Sachen aufpassen, jetzt, wo du da bist", zieht er mich auf. „Besonders, da du offiziell eine königliche Prinzessin sein wirst und Zugang zu allen Bereichen des Palastes hast."

Ich schaffe es gerade so, ihn völlig verblüfft anzustarren, und bemühe mich, meine Atmung zu beruhigen. Mein Blick ist auf das Ei gerichtet, das noch immer in meinen Händen liegt. Eine … Prinzessin? „Aber ich –"

„Du bist meine Gefährtin", sagt er schlicht. Er streichelt mit dem Daumen über meine Unterlippe. „So einfach ist das, Piper." Er hebt eine Augenbraue und da ist es – dieses großspurige Lächeln, von dem ich nicht genug bekommen kann.

Mir ist so verdammt schwindelig vor Liebe, aber … trotzdem. Er will, dass *ich* seine *Prinzessin* bin?

„Aber ich *habe* dich *bestohlen*!", rufe ich aus.

„Ja. Aber du warst gerade auf dem Weg, das Ei zurückzubringen." Er drückt meine Hand. „Außerdem ist das einzig Wichtige, was du gestohlen hast, mein Herz."

Oh! Sein Herz.

„Ich bin nicht einmal ein reinrassiger Mensch!", protestiere ich, während ich mein Haar beiseite Schiebe, um mehr von meiner Stirn freizulegen. „Siehst du? Ich habe diese kleinen Beulen. Sie sind naxianisch. Musst du dich nicht mit einem echten Menschen paaren? Und ich habe auch noch dieses dumme Implantat … und meine unfertige Markierung …" Ich schiebe meinen Ärmel hoch, um ihm meine Tätowierung zu zeigen. „Nicht sehr prinzessinnenhaft, finde ich."

Aber Manu lacht nur. „Du bist perfekt, Piper. Ich will dich genauso, wie du bist." Er hält inne und streichelt zärtlich über meine Tätowierung. „Ich liebe deine Markierung. Alles an dir ist wunderschön."

Ich öffne meinen Mund, um wieder zu protestieren, aber er hält mir mit seinen Fingern den Mund zu, küsst mich wieder und ergreift dann meine Hand.

„Komm schon. Ich möchte dir meinen Dad vorstellen."

„Den König? Ist er hier?"

„Nein, … meinen anderen Vater."

Warte.

Zwei Väter?

„Hey, Raygaar!", ruft Manu und der Barbesitzer hebt den Kopf aus Ginas Motorraum, wo er immer noch wild herumschraubt. Er stapft zu uns herüber, flankiert von seinen lauten Bots, und wischt sich die Hände an einem Handtuch ab. „Piper, ich möchte dir offiziell meinen Vater vorstellen."

Raygaar sieht Manu unsicher an, aber er nickt nur. Er drückt Raygaar die Schulter und lächelt ihn an. „Schon gut. Ich will, dass sie es weiß."

Raygaar nickt und ich murmle ein „Hallo" – natürlich kennen wir einander bereits, denn seit ich auf diesem Planeten gelandet bin, mixt er köstliche Margaritas für mich.

Sie so zu sehen, Seite an Seite, bestätigt nur die Wahrheit. Sie haben die gleichen Augen, die gleiche Nase und denselben sinnlichen geschwungenen Mund. Es wäre mir nie aufgefallen, aber jetzt, wo sie zusammen vor mir stehen, gibt es keinen Zweifel.

Es ist wahr. Manu ist tatsächlich Raygaars biologischer Sohn, nicht der von König Aurelian.

Manu zuckt mit den Achseln und grinst seinen Vater an. Raygaar wirkt überaus zufrieden – sie beide. „Ja. Ich habe zwei Väter. Es ist eine lange Geschichte, aber ich erzähle dir alles."

Ich lache. „Da bin ich aber gespannt."

Er drückt meine Hände und zieht mich näher heran. „Ich bin nicht perfekt, Rotschopf. Weit davon entfernt. Ich bin ein verdammter Idiot gewesen. Wirst du diese Gefährten-Sache mit mir machen? Ich kann ohne dich nicht leben." Er hält inne und grinst verschmitzt. „Du darfst nicht nein sagen."

Er schnappt mich und wirbelt mich herum – was eine

ziemlich kitschige Sache ist, von der ich nie erwartet hätte, dass sie ausgerechnet mir passiert, aber ich liebe es trotzdem. Es ist so perfekt unvollkommen, wie ich es mir nie hätte träumen lassen. Es ist die Freiheit, die ich mir immer gewünscht habe – und sie war die ganze Zeit da.

Hier auf diesem wunderschönen Planeten, mit Manu.

Mein lautes Jauchzen erschreckt einen Vogelschwarm, der aufgebracht aus einem Baum neben uns flattert. Ein paar *Mawis* springen über uns von Ast zu Ast und fragen sich wahrscheinlich, was es mit dem ganzen Getue auf sich hat. Raygaar sieht sich unbehaglich um und richtet seine Aufmerksamkeit darauf, einen der Bots zu polieren.

„Manu, was ist mit dem Ei?", frage ich und halte es immer noch fest. „Orgalia wird nach mir suchen und nach dem Artefakt auch. Wir müssen es sofort zum Schiff zurückbringen."

Er setzt mich ab und lacht. „Mach dir keine Sorgen wegen Orgalia. Ich informiere sofort mein Sicherheitsteam. Wir werden sie in Gewahrsam nehmen und sie wird dich nie wieder belästigen, Rotschopf. Das verspreche ich." Er tippt eine Nachricht in sein Tele-Armband und kurz darauf piept es mit einer Antwort. „Sie haben sie bereits lokalisiert. Weißt du was, ich werde die Aktion selbst überwachen. Gehen wir zurück zum Palast und ich vergewissere mich, dass alles nach Plan läuft. Dann hole ich ein paar Ersatzteile, um Gina zu reparieren, und dann bringen wir das Ei in unser Gewölbe. Dort wird es genauso sicher sein wie auf dem Schiff."

Oh. Das Gewölbe. Irgendetwas an diesem dunklen, feuchten Ort macht mir ein wenig Angst und ich muss es ja wissen – immerhin bin ich in den letzten Wochen oft dort gewesen. Wenn ich an dieses schöne, goldene Ei denke, wie es dort in dieser Dunkelheit liegt …

„Was machst du denn für ein Gesicht?", neckt mich Manu.

„Na ja …", zucke ich mit den Achseln. „Ich habe das Gefühl, dass das Ei in den Dschungel gehört. Raus in die Natur, wo es seine guten Schwingungen verbreiten kann. Ich würde es wirklich am liebsten zurück zu dem Raumschiff bringen."

Er schüttelt den Kopf. „Das liegt in der entgegengesetzten Richtung und dauert zu lange."

„Ich kann sie hinbringen", unterbricht Raygaar. „Sie wird bei mir sicher sein. Piper und ich können zusammen dorthin fliegen und wir treffen uns danach alle hier."

Ich schieße ihm ein Grinsen zu, dankbar, dass er mir zu Hilfe gekommen ist. Manu scheint protestieren zu wollen, aber ich ersticke ihn mit einer Handvoll Küssen und schließlich stimmt er zu.

„Du hast recht. Das Ei gehört in den Dschungel", sagt Manu zu mir. „Und wenn es sicher zurück in seinem Zuhause ist, dann werden *wir* ein Zuhause füreinander erschaffen. Du und ich, Rotschopf."

PIPER

„Ich schaue schnell nach den Barkeeper-Bots und gebe ihnen Bescheid, dass ich bald wieder da bin", sagt Raygaar, sobald wir in der Grube sind. „Und dann können wir uns auf den Weg machen."

„Sicher", sage ich. „Kein Problem."

Es gibt nichts mehr, worüber ich mir Sorgen machen müsste. Wir haben jetzt alle Zeit der Welt. Orgalia wurde in Gewahrsam genommen und Manu ist auf dem Weg, um sicherzustellen, dass das Sicherheitsteam alles unter Kontrolle hat. Ich bin frei, für immer völlig frei von ihr.

Doch diese große Erleichterung, die ich erwarte, stellt sich nicht ein. Ein Gefühl nagt in meinem Hinterkopf. Es nagt und knabbert an mir, aber ich verdränge es.

Sobald das Ei in Sicherheit ist, werde ich mich viel besser fühlen.

Ich setze mich auf einen der heruntergekommenen Barhocker der Grube. Seit wir von der Absturzstelle zurückgekehrt sind, strömen die Gäste herein und ich beschäftige mich damit, das bunte Treiben zu beobachten.

Eine große Gruppe von Flammenschweinen schlendert

herein, wobei die brennenden Ringe um ihre Köpfe und die Schichten aus warmen Metallplatten die Temperatur in der Bar sofort auf das Niveau eines geheizten Ofens ansteigen lassen. Raygaar eilt herbei, um die Lufttemperatur anzupassen, und aus den Lüftungsschlitzen in der Decke bläst kalte Luft nach unten.

Innerhalb von Minuten ist es in der Grube eiskalt geworden. Ich reibe mir meine bis auf die Knochen gefrorenen Arme. Mein Oberteil hat kurze Ärmel und meine Jacke habe ich in Gina gelassen. „Hey, Raygaar", rufe ich ihm zu, als er der Runde schnell Gläser mit eiskaltem Bier serviert. „Ich werde auf der hinteren Terrasse auf dich warten."

Raygaar runzelt die Stirn und balanciert mit ein paar Getränken. „Wenn du ein paar Minuten warten kannst …"

„Kein Problem", bekräftige ich mit klappernden Zähnen. „Ich gehe nur vor die Tür, wo es wärmer ist."

Er nickt und kurz darauf gehe ich durch den Hinterausgang hinaus. Ich bleibe jedoch wie angewurzelt stehen, als ich Zanthor und seine beiden Lakaien an einem Tisch im Freien sitzen sehe.

Ohhh Scheiße.

Sie rauchen Zigarren und trinken *Rakija,* die Köpfe dicht zusammengesteckt. Bestimmt hecken sie wieder irgendwelche krummen Dinge aus. Schnell bewege ich mich rückwärts – jetzt ist nicht der richtige Augenblick, um Hallo zu sagen.

Stattdessen gehe ich zur Vordertür hinaus und seufze freudig auf, als die Wärme der Sonnenstrahlen mich wieder auftaut. Ich sitze auf einem großen Felsen und habe die Knie an meine Brust gezogen, während ich auf Raygaar warte. Vögel zwitschern in den Baumkronen. Ein paar kleine Säugetiere mit auffallenden Zahnreihen huschen im nahen Gestrüpp umher.

Und dann ist da noch … Orgalia – an einen Baumstamm gelehnt.

Doppelscheiße.

Meine Stimmung fällt sofort in den Keller. Meine Intuition setzt wieder ein. *Ich habe es dir ja gesagt!* Orgalia ist eine gerissene, hinterhältige Schlange und ich hätte wissen müssen, dass sie es irgendwie schaffen würde, den Sicherheitsleuten zu entkommen.

Sie blickt zu mir auf und fährt dann damit fort, gemächlich ihre Nägel zu inspizieren. „Hallo, Piper", schnurrt sie schließlich. „Ich habe mich schon gefragt, wann du rauskommen würdest. Ich war ziemlich überrascht, von der Tracker-App ausgerechnet hierhergeführt zu werden, zu dieser mehr als miserablen Spelunke. Aber ich nehme an, es sollte mich nicht schockieren – du bist unbestreitbar letztklassig."

Ich ignoriere ihre Beleidigungen, stehe auf und schlucke schwer. „Hallo, Orgalia."

Die Jahre des Zusammenlebens mit ihr drohen mich zurück in die Dunkelheit zu ziehen, an den dunklen Ort, an dem Orgalia mich wie eine Leibeigene behandelt. Wo sie an meiner unsichtbaren Leine zerrt und ich tue, was immer sie sagt, wann immer sie es sagt.

Ich atme tief ein und stelle fest, wie tief diese Gefühle in mir verankert sind. Aber ich bin bereit, sie loszulassen. Die Ketten aufzubrechen, die sie mir aufgelegt hat.

Mein Tele-Armband meldet sich und es ist Manu. Es summt weiter, aber ich ignoriere es.

„Dein Drachenliebhaber?", fragt sie. „Ich wette, wenn du abhebst, sagt er dir, dass ich verschwunden bin."

Auf keinen Fall hebe ich ab – ich weiß es besser, als meine Aufmerksamkeit auch nur für einen Moment von ihr abzulenken. Sie bewegt sich blitzschnell, in der einen

Sekunde lehnt sie noch gegen den Baum, in der nächsten steht sie nur ein paar Meter vor mir. Sie grinst höhnisch und ihr Porzellangesicht verzieht sich zu einer hässlichen Grimasse.

„Du hast das, was ich will", sagt sie knurrend und bringt es auf den Punkt. Ihr Blick wandert über meinen Körper und fixiert sich auf die Ausbuchtung des Eis unter meinem Hosenbund. „Gib es mir!"

„Nein." Ich stehe meine Frau und halte meine Hand schützend über das Ei. Seine Wärme strömt in mich und verleiht mir zusätzliche Kraft. „Es gehört dir nicht und das wird es auch niemals tun. Du verdienst es nicht."

Gier und Verzweiflung triefen aus ihr wie Gift. „Gib mir das Artefakt", zischt sie. Sie kommt noch näher, ist nur noch Zentimeter von meinem Gesicht entfernt. „Du wirst tun, was ich dir sage, Piper."

Meine Hände verkrampfen sich an meinen Seiten. Ich nehme meine Kampfhaltung ein, bereit, es mit ihr aufzunehmen. „Und wenn ich das nicht tue?"

„Dann wird es dir sehr leidtun." Zorn tanzt in Orgalias Augen. „Du bist nur ein kleiner Mischling, Piper. Ein dreckiges, zerlumptes Waisenkind, das ich von der Straße aufgelesen habe. Ich hätte dich dort stehen lassen sollen. Damals warst du ein Niemand und bis heute hat sich das nicht geändert."

Mein Blut rauscht durch meine Adern und auch wenn die Wut darin mitschwimmt, ist es ein starker und stetiger Strom. In meinem Kopf legt sich ein Schalter um, ich verspüre einen nie dagewesenen Energieschub und so schnell, wie er gekommen ist, versiegt er auch wieder. Und plötzlich spüre ich, dass mich keinerlei emotionalen Bindungen mehr an dieses Monster fesseln, absolut keine.

„Du wirst mir nicht mehr sagen, was ich tun und lassen

darf." Meine Worte sind geschmeidig und kühn und ich erkenne meine eigene Stimme kaum wieder. So habe ich noch nie mit ihr geredet.

„Ach nein? Glaubst du, Prinz Manu wird kommen und dich retten?"

„Ich brauche niemanden, der mich rettet."

Meine neu gefundene Stärke knistert in mir, die Kraft, die ich schon immer besaß, in Orgalias Gegenwart aber nie an die Oberfläche kommen habe lassen. Ihre Lebendigkeit bäumt sich auf und dehnt sich aus, überrascht mich fast.

„Du … kleine Göre!", brüllt Orgalia lautstark, stürzt sich auf mich und greift nach dem Ei in meiner Hose. Wir stolpern auf den mit Moos bedeckten Dschungelboden. Ihre Hände sind wie Krallen, ihre scharfen Fingernägel graben sich in meine Haut, während wir wild miteinander ringen. Wir rollen in einen großen Haufen von Lianen, wo Schmutz und Moos in meinen Mund gelangen, und ich bin kurz abgelenkt und muss spucken und husten, um das Zeug wieder loszuwerden.

„Gib. Mir. Das. Ei!", hallt Orgalias kreischende Stimme durch die Bäume.

Der Absatz meines Schuhs nimmt erfreulicherweise Kontakt mit ihrem Gesicht auf und ihr Heulen scheint ein kilometerlanges Echo nach sich zu ziehen. Sie schnappt sich mein Bein und zerrt mich an sich heran. Wir raufen weiter, ziehen einander an den Haaren, kratzen und treten einander.

Orgalia nagelt mich am Boden fest und setzt sich dann rittlings auf mich. „Geh runter!", fordere ich sie auf, versuche mich aus ihrem Griff zu befreien und winde mich, um sie von mir zu treten, aber sie ist stark. Mit einer geschmeidigen Bewegung zieht sie das Artefakt aus meiner Hose.

„Da bist du ja!" Sie hält es triumphierend in die Luft und macht dann ein komisches Gesicht. „Hmm … Du bist kleiner, als ich erwartet habe. Macht nichts, du bist immer noch genauso viel wert."

Ich nutze ihre momentane Ablenkung zu meinen Gunsten und schlage ihr das Artefakt aus den Händen. Es fliegt geradewegs in eine Schlucht neben uns.

„Du dummes Ding!", knurrt Orgalia und wir rappeln uns beide auf und rutschen und stürzen hastig dem Ei hinterher die Anhöhe hinunter. Sie hat ein paar Meter Vorsprung, aber ich kann nicht zulassen, dass sie es erwischt …

Sie darf es nicht kriegen!

Ich ziehe *Zuckerbrot* aus meinem Hosenbund und lasse die Peitsche knallen. Die Waffe verfehlt ihr Ziel, aber ich schnalze sie gleich noch einmal. Diesmal erwischt sie Orgalia und verpasst ihr einen Schlag direkt auf ihren Arsch.

„Ohhhh!", schreit sie, greift sich an den Hintern und taumelt den Rest des Weges in die Schlucht hinab. Sie landet mit dem Gesicht voran auf einem Fleckchen Grün. Noch bevor ich zu ihr gelangen kann, ist sie wieder auf den Beinen – und sie ist wütend. „Das hast du gerade nicht wirklich getan!"

„Oh, und wie ich das habe." Ich halte meine Peitsche bereit, während mein Blick frenetisch nach dem Ei such. Aber alles, was ich sehe, sind verworrene Ranken, matschige Moosflecken und dicke Farne.

„Du hast einen großen Fehler gemacht", knurrt Orgalia. „Du hast das Ei verloren!" Sie schleicht auf mich zu und zieht dabei zwei elektrische Schlagstöcke aus den Halftern an beiden Seiten ihrer Hüften. Sie zischen und knacken. Elektrizität knistert in kleinen Funken aus den Enden der Waffen wie Mini-Tornados.

Ich schlucke. Sie ist ein Profi mit diesen Schlagstöcken. Eine kurze Berührung und man erleidet einen Stromschlag. Sie wirbelt sie gekonnt herum und lässt sie mit ihren flinken

Fingern so schnell hin- und herschwingen, dass die Funken der Elektrizität zu einer gleißenden Lichtquelle verschwimmen.

„Willst du dich mit mir anlegen, Piper? Vergiss nicht, dass *ich* diejenige bin, die *dich* ausgebildet hat."

Und dann geht sie mit den Schlagstöcken auf mich los, stößt sie in meine Richtung und macht einen Satz auf mich zu. Ich weiche ihren Angriffen aus, während ich mit der Peitsche knalle. Wir tanzen eine Art Tanz und hüpfen geschickt umeinander herum, wobei keiner von uns in der Lage ist, den anderen zu erwischen.

Orgalia dreht sich und wirbelt ihre Stöcke, richtet sie direkt auf mich. Ich springe hoch, lasse wieder meine Peitsche knallen … und diesmal schaffe ich es, ihr einen der Schlagstöcke aus der Hand zu schlagen.

„Du …!", knurrt sie. Mit dem verbleibenden Schlagstock kommt sie auf mich zu und ich tänzle weiter um sie herum. Drehe mich und wirble umher. Verteile Peitschenhiebe wie eine Wahnsinnige.

Und dann, … aus den Augenwinkeln, … sehe ich etwas … Etwas Goldenes blitzt neben mir auf. Es ist das Ei, teilweise verdeckt von einem der Farne. Orgalia folgt meinem Blick, keucht laut auf und wir hasten beide darauf zu.

Ich schnappe es mir zuerst, drücke es fest gegen meinen Körper und klettere in Windeseile einen großen rosa-lilafarbenen Felsbrocken hoch. Ich werde auf keinen Fall zulassen, dass Orgalia dieses Artefakt bekommt. Aber sie ist mir dicht auf den Fersen, stößt mit ihrem Schlagstock nach mir und verfehlt mich nur um Haaresbreite. Sie ist so nah hinter mir, dass ich die Hitze des fließenden Stromes unter mir spüren kann.

Plötzlich beginnt sich der Felsbrocken unter meinen Füßen zu bewegen. *Brr!* Ich kämpfe um mein Gleichgewicht, verbreitere meinen Stand und strecke meine Arme wie ein Seiltänzer seitlich von mir. Der Felsbrocken zuckt und schleudert mich und Orgalia zurück in die Schlucht. Das Ei fliegt mir aus den Händen und landet drei Meter vor mir.

Lautes Zischen umgibt uns. Ein großer, spitzer Kopf schlingert von Seite zu Seite und erhebt sich über uns. Geschlitzte Augen blinzeln langsam und eine gespaltene Zunge gleitet aus dem Maul des Wesens.

Der Felsbrocken ist … kein Felsbrocken.

Er ist eine riesige Python.

Ich hocke mich auf den Boden, während sich die Schlange in ihrem Versteck unter den Blättern langsam aus ihrer Verknotung löst. Sie zischt wieder irritiert – wahrscheinlich haben wir sie bei ihrem Nickerchen gestört.

Ich verharre absolut reglos. Der Kopf des Tieres kommt noch näher und ist fast so groß wie mein ganzer Körper. Sie züngelt gegen mein Gesicht.

Ohhh Scheiße.

Die Python gleitet los, ihr Blick auf das goldene Ei gerichtet. Noch einmal lässt sie ihre Zunge herausschnellen … und verschlingt es mit einer schnellen Bewegung.

Frisst das Ei. Einfach so.

Ein gequälter Schrei ist von Orgalia zu vernehmen. „Du, … du Monster!" Sie schwenkt ihren Schlagstock vor der Python hin und her. „Du hast gefressen, was mir gehört. *Mir*, hörst du mich?"

Die Schlange wirbelt ihren Kopf herum, um Orgalia wild anzufunkeln. Ihr Ton gefällt dem Tier nicht, kein bisschen. Sie stürzt zischend auf sie zu und reißt dabei ihr Maul weit auf, um Reihen von spitzen Zähnen zu enthüllen.

„Ach, ja?", höhnt Orgalia. „Dann friss das, du Mist-stück!" Sie schleudert ihren knisternden, Funken sprühenden

Schlagstock in den Schlund der Schlange. Sie schließt ihr Maul mit einem Schnappen. Schluckt.

Überraschung zeichnet sich auf ihrem Gesicht ab, gefolgt von Wut. Sie erhebt sich und bäumt sich noch weiter über unseren Köpfen auf.

„Scheiße", murmelt Orgalia. Ich will loslaufen, aber sie packt mich und zieht mich wie einen Schutzschild vor sich.

Die Python bewegt sich schnell, wickelt sich um uns und zieht ihren langen Körper dann immer enger um uns herum zusammen. Orgalia und ich werden zusammengequetscht, während sich die Windungen der Schlange noch enger zusammenziehen. Unsere Körper kämpfen vergeblich gegen ihre Kraft an, aber die minimalen Bewegungen, die wir bewerkstelligen können, machen überhaupt keinen Unterschied.

Immer enger zieht die Schlange ihren Körper um uns. Ich kann nicht atmen. Ich keuche, kriege keine Luft mehr.

Oh Gott.

Nein, nicht so.

Bitte, oh bitte, lass mich nicht von einer Schlange zu Tode gequetscht werden!

Lichtstrahlen explodieren um uns herum. Sie leuchten in alle Richtungen, flirren und funkeln, blenden mich beinahe. Der Griff der Schlange um mich herum löst sich und ich schnappe gierig nach Luft und sehe mich völlig ungläubig um.

Es ist die Python. Die Strahlen des goldenen Lichts strömen aus jeder Pore ihres Körpers. Sie scheint keine Schmerzen zu haben, aber sie löst ihren Würgegriff um uns und schlängelt sich dann unzufrieden davon, um kurz darauf im Dschungel zu verschwinden.

Orgalias Ausdruck ist der von Elend und Niederlage. Sie funkelt mich hasserfüllt an.

Aber ich habe keine Angst mehr vor ihr. Jetzt hat sie nichts mehr gegen mich in der Hand. Die Macht über mich selbst steht mir zu und ich habe sie bereits beansprucht.

„Verschwinde von hier", sage ich. „Verlasse den Planeten. Komme nie wieder zurück. Du hast hier nichts verloren."

Wut brennt in ihren Augen und sie starrt in die Richtung, in die die Python geschlängelt ist.

„Oh, nein. Denk nicht einmal daran, dem Ding zu folgen, bis das Ei am anderen Ende wieder herauskommt. Es gehört dir nicht."

Sie starrt mich einen langen Moment lang an, als wolle sie mich erdrosseln. Aber dann dreht sie sich um. Und rennt los.

Verschwindet im Dickicht der Bäume.

Ich werde sie nicht vermissen. Nein. Kein bisschen.

KAPITEL EINUNDDREISSIG

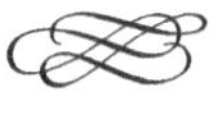

MANU

*P*iper und ich sitzen auf der hinteren Terrasse der Grube und von unserem Tisch aus können wir die Python sehen, wie sie stolz auf einem riesigen, nahe gelegenen Felsen posiert. Sie ist wie eine riesige Discokugel, die hell leuchtet und alles um sich herum in ein goldenes Licht taucht. Sie ist die Königin des Dschungels – eine äußerst psychedelische – und sie macht das einfach großartig.

„Warum hast du es uns nicht gesagt?", frage ich meinen Dad. „Warum hast du es *mir nicht* gesagt? Ich habe das Ei schon so lange."

Raygaar zuckt mit den Achseln, während er einen Tisch abwischt. Er wirft uns ein jungenhaftes Grinsen zu, das ihn um zwanzig Jahre jünger wirken lässt. „Ich weiß nicht. Als deine Mutter mir von den Eigenschaften des goldenen Eis erzählte, war ich nicht sicher, ob ich ihr glauben sollte. Sie sagte, es wäre seit Jahrhunderten beschützt und auf ihrer Seite der Familie weitergegeben worden. Es wäre verehrt und geliebt worden. Ich hatte noch nie zuvor von Apollonium gehört."

Das hatten Piper und ich auch nicht. Und das war kaum

überraschend, wenn diese spezielle Metalllegierung wirklich während der Zeit der antiken Zivilisation von Atlantis entstanden war. Als Raygaar mir das Artefakt zur Aufbewahrung gegeben hatte, hatte er mir nichts davon erzählt. Aber ich hatte es so lange im Raumschiff versteckt, … hatte die guten Schwingungen gespürt, die es im Dschungel verströmte, … und jetzt, wo Königin Python mit ihren großartigen Schwingungen den Dschungel rockt, ergibt das alles einen Sinn.

Ich habe keinen Zweifel daran, dass das, was meine Mutter Raygaar erzählt hat, die Wahrheit ist.

„Glaubst du, dass es irgendwo da draußen noch mehr Apollonium gibt?", fragt Piper.

„Ich bin mir nicht sicher." Ich ziehe sie auf meinen Schoß. „Ich schätze, wir könnten es analysieren lassen, seine genaue Zusammensetzung bestimmen. Möglicherweise könnten wir es reproduzieren."

Piper schüttelt den Kopf und ich stimme ihr zu. Das Ei ist etwas Besonderes – nicht nur, weil es in einer Frequenz schwingt, die Liebe anzieht und verbreitet, sondern auch, weil es so selten ist.

Raygaars Blick wandert in meine Richtung. „Ich frage mich, ob es deine Mutter und mich zusammengebracht hat", sagt er nachdenklich. „Ich dachte immer, es sei ein Haufen Hokuspokus." Er lacht. „Es war wohl nur ihr Trick, um mich davon zu überzeugen, dass wir füreinander bestimmt sind. Nicht, dass ich überzeugt werden hätte müssen – mein Drache hatte sich bereits entschieden."

„Und ihr *wart* füreinander bestimmt", sagt Piper mit einem strahlenden Lächeln. „Auch, wenn es nur für kurze Zeit war. Das Universum funktioniert auf seltsame, ehrfurchtgebietende Weise."

„Da hast du recht", sagt Raygaar und klopft mir auf die

Schulter, während er an uns vorbeigeht. „Sonst hätten wir Manu nicht bekommen." Er schnappt sich ein die leeren Biergläser von zwei Bruuls in der Nähe und geht wieder hinein.

Ich ziehe Piper noch näher an mich und verehre das Gefühl, ihren köstlichen Hintern auf meinem Schoß zu spüren. „Mmhhhmmm", knurre ich in ihr Ohr. „Die Dinge haben sich durchaus interessant entwickelt, nicht wahr?"

„Auch für die Python", sagt Piper. „Ich glaube, ihr gefällt ihr neuer Look, und allen anderen gefällt er auch."

Ich lache. Dschungeltiere aus allen Winkeln des Planeten sind gekommen, um die neuen Schwingungen der Python zu spüren. Sie sitzt aufrecht da und hat ihren Körper zu so wenigen Windungen wie möglich aufgerollt, während aus ihrem Inneren in alle Richtungen elektrische Spannung und helles Licht strömen. Obwohl sie für uns nicht ganz nachvollziehbar ist, hat die Kombination aus der Elektrizität des Schlagstocks und der Energie des Eis irgendwie einen verrückten Liebescocktail in ihrem Körper erzeugt. Sie scheint überhaupt keine Schmerzen zu haben. „Ich bin nicht sicher, wie lange das anhält."

Piper lacht darüber, aber ich bin mir nicht sicher, ob es auch noch so lustig sein wird, wenn es für uns an der Zeit ist, das Ei, … äh, … einzusammeln. Wir behalten die Python im Auge, weil das Ei früher oder später wieder den Weg nach draußen finden wird.

Das wird sicher lustig.

„Gemeinsam schaffen wir das schon", sagt Piper grinsend. „So wie es echte Gefährten tun, oder?"

Mein Drache poltert in mir, tief und wild, und löst Wellen aus, die sich in jeder Zelle meines Körpers ausbreiten.

Genau.

KAPITEL ZWEIUNDDREISSIG

PIPER

*D*as Moos ist weich, die Lufttemperatur ist perfekt …

Und ich habe einen großen blauen, wunderschönen Schwanz vor mir.

Es ist natürlich der von Manu. Er liegt auf dem Rücken im Raumschiff, während ich ihn mit beiden Händen pumpe. Meine Finger gleiten über seine Erhebungen.

„Fuck", stöhnt er. „Piper …"

Er ist so hart und er sieht aus wie ein Kerl, der jede Sekunde explodieren könnte. Ein glitzernd blauer Lusttropfen taucht an seiner Spitze auf und ich streiche mit meinem Daumen darüber und benutze ihn, um seine Erektion zu befeuchten. Auf den ersten Tropfen folgt ein weiterer und diesen möchte ich schmecken.

„T'Pring hat uns beigebracht, nie etwas von dem guten Zeug zu vergeuden", necke ich ihn.

Er beobachtet mich mit halb geschlossenen Augen, die Lippen zu einem sinnlichen Grinsen geschwungen. „Ich stimme T'Pring zu. Absolut."

„Schmeckt es nach Blaubeeren?", zwinkere ich ihm zu und er kichert.

„Vielleicht."

Ich beuge mich nach unten und koste seinen Saft genüsslich. Seine Erregung schmilzt in meinem Mund dahin und er schmeckt dick und cremig. „Mmmh. So viel besser als Blaubeeren."

„Piper, du machst mich verrückt." Seine Stimme ist heiser und sein Schwanz wird noch härter. „Ich werde nie vergessen, wie wir uns zum ersten Mal begegnet sind. Du hattest diesen Eis-Pimmel und du hast ihn geleckt wie …"

„Etwa so?" Meine Zunge zeichnet einen Kreis um seine Spitze.

„Uff … Ja …"

„Und so?" Ich wirble an den Seiten entlang. schnalze gegen die Erhebungen. Lasse meine Hände auf und ab wandern, während ich ihn necke und überall Küsse platziere.

Er sagt nichts, vergräbt nur seine Hände in meinen Haaren.

„T'Pring betonte auch, dass wir diese hier nicht vergessen dürften", sage ich und schaue ihn verspielt an, während ich seine Bälle mit einer Hand umschließe, um sie zu massieren. Ich lecke über die Naht, stöhne und genieße die Weichheit und seinen männlichen Duft. Ich bin schon ganz nass zwischen meinen Beinen – ihm einen zu blasen, macht mich so an.

Er stöhnt wieder und seine Eier ziehen sich weiter zusammen. Er ist kurz davor zu kommen, ich weiß es. Ich pumpe ihn schneller, nehme so viel von ihm wie möglich in den Mund und sauge mit meinen Lippen an ihm.

„Piper", knurrt er und entwirrt sich aus meinem Haar. Er bewegt seine Hände zu meinen Schultern und drückt mich sanft auf meinen Rücken.

„Aber ich will …“, protestiere ich und sehne mich danach, mehr von seinem cremigen Geschmack zu bekommen.

Er grinst und drückt sich zwischen meine Beine. „Und ich will *das*.“ Er beugt sich vor, um seinen heißen Mund auf meine rechte Brustwarze zu legen.

Ich stöhne und wölbe meinen Rücken. Das Verlangen zischt durch mich hindurch, während er an meinem bereits festen Nippel saugt. Er streicht mit seinem Daumen über meine andere Brustwarze, wodurch noch mehr Nässe sich zwischen meinen Schenkeln sammelt. Ein weiteres Streichen seiner Zunge lässt mich nach Luft schnappen und nach dem weichen Moos unter mir greifen.

„Oh, … Manu!“

Seine Küsse wandern tiefer, über meinen Bauch, dann auf die Spitze meines Hügels. Meine Hüften bäumen sich unwillkürlich auf. Meine Beine zittern bereits und meine Muschi sehnt sich danach, berührt zu werden.

Manu ist mir so nah, sein warmer Atem kitzelt meine Falten und mein Körper zuckt wieder.

Er drückt meine Beine weit auf und seine Augen brennen vor Lust. „Fuck. Du bist ja klatschnass.“

„Tja …“, hauche ich atemlos und völlig benebelt, „Ich bin wohl etwas aufgebracht.“

Er knurrt und spreizt mich sanft mit seinen Fingern auf. Er streichelt meine Klitoris köstlich. „Ich werde dir deine Muschi so heftig lecken, Rotschopf. Ich werde jeden Tropfen deiner Süße aufsaugen. Du weißt, ich liebe deinen Geschmack.“

Er lässt zwei seiner Finger in mich gleiten und schiebt sie gemächlich hinein und hinaus. Alles, was ich tun kann, ist, noch ein wenig mehr zu stöhnen und zu zittern. Er zieht sie heraus und leckt sie sauber, sein heißer Blick lässt dabei nie von mir ab und ein weiteres Stöhnen gleitet mir über die Lippen.

Ich zerre an seinen Haaren und ziehe ihn näher an mich heran. Meine Hüften kippen aufwärts zu seinem Gesicht. Ein loderndes Feuer in meinem Inneren droht die Kontrolle zu übernehmen.

Und als er sich tief hinunterbeugt, um seine Zunge in mich einzutauchen, verliere ich fast den Verstand. Er schiebt seine Zunge durch meine Nässe und ich klammere mich an ihn und halte mich fest. Er saugt an meiner Klitoris. Erforscht jeden Zentimeter meiner Falten. Er schmeckt und neckt und küsst mich an allen Stellen, von denen er weiß, dass sie mich wild machen.

Er hebt den Kopf. „Gefällt dir das, Rotschopf?" Und da ist es wieder. Dieses Grinsen – sein großspuriges Playboy-Grinsen. Oh, natürlich weiß er, dass mir das gefällt!

Aber er ist *mein* großspuriger Drache und ich würde es nicht anders haben wollen. „Dein Mund ist wirklich magisch", sage ich lachend und drücke seinen Kopf nach unten. „Jetzt leck mich noch ein bisschen mehr."

Und er tut es und überhäuft meine Klitoris mit so viel Aufmerksamkeit, dass ich beinahe wahnsinnig werde unter seinen Berührungen. Jedes Knabbern und jeder Kuss lassen meine Knie weich werden. Er fickt mich hart mit seiner Zunge, schickt mich zum Mond und zurück und entreißt mir unterwegs einen heftigen Orgasmus.

Ich liege keuchend da, mein Körper fühlt sich an, als ob Manus großartige Zungenkünste ihn in eine dekadente Pfütze geschmolzener Butter verwandelt hätten. „Ja. *Wirklich* magisch."

Ein leises Glucksen rumpelt aus seiner Brust und er erhebt sich über mich, die Hände auf beiden Seiten meiner Schultern abgestützt. Sein riesiger Körper stellt mich in den Schatten und seine Brustmuskeln glitzern verschwitzt. Ich streiche mit den Händen darüber und lasse auch seinen Waschbrettbauch nicht aus, bevor ich über seine Erektion streichle.

Ich sehne mich danach, gefüllt zu werden, und will mehr von ihm, *sofort*.

Knurrend lässt er seinen Schwanz durch die Nässe meiner Falten gleiten. Ich spreize meine Beine noch weiter auf und schlinge meine Arme um seinen Hals. Er beugt sich vor, um mich zu küssen, und ich kann meine Erregung auf seinen Lippen schmecken.

„Ich liebe dich", knurrt er.

Mmm! Und ich liebe ihn auch – mehr als ich es je für möglich gehalten hätte. Seine Wärme und sein Duft wirbeln um mich herum und ja, … dieses Gefühl ist wunderbar.

Er ist wunderbar.

Er gleitet langsam in mich hinein und gibt mir Zeit, mich um seinen Körperumfang herum zu dehnen. Ich nehme ihn in mir auf, ganz, und werfe bei seinem ersten Stoß meinen Kopf zurück. Mein Stöhnen erfüllt das Schiff, als er das zweite Mal in mich stößt. Die Erhebungen an seinem Schwanz fühlen sich gut an – richtig gut! – und sie senden Wogen purer Lust durch jede Zelle meines Körpers.

Am Anfang geht er es langsam an. Ich schlinge meine Beine um seine Taille und er versenkt sich etwas tiefer. Ich begegne jedem Stoß mit meinen Hüften, will mehr, nehme mehr.

Ich will das hier für immer, und auch an diesem Ort in diesem fabelhaften, magischen Dschungel.

Er hat den lüsternen Ausdruck eines erregten Drachen in den Augen, aber er ist gepaart mit dieser unkomplizierten Verspieltheit, die ihn ausmacht. Das ist Manu, wie er leibt und lebt. Eine Kombination aus Bestie und Mensch und die perfekte Ergänzung für mich.

Mein Gefährte.

Er pumpt immer schneller und härter in mich hinein, wobei seine Erhebungen jedes Mal meinen inneren Lustpunkt massieren. Und als wir beide kommen – ich zuerst und er gleich danach –, reiten wir die Wogen unserer Lust gemeinsam aus. Glückseligkeit erfüllt mich. Pures, wundervolles Vergnügen. Sie beben und donnern durch uns hindurch, diese heftigen Schwingungen der Liebe, die uns beide zu verzehren drohen.

Dschungeldrachen sind ziemlich sexy, muss ich schon sagen. Ich habe meinen gefunden und ich werde ihn nicht mehr loslassen.

KAPITEL DREIUNDDREISSIG

MANU

Wesen von den diversen Planeten der ganzen Galaxie mischen sich unter die Gäste auf dem Rasen des Palastes. Sie sind gekommen, um der Hochzeit von Danax und Kat beizuwohnen, und um ehrlich zu sein, mein Bruder hat eine ziemlich aufgemotzte Hochzeit inszeniert.

Der Palast ist von oben bis unten mit Blumen bedeckt und bis ins letzte Detail geschmückt. Wahrscheinlich wären mir all die Kleinigkeiten gar nicht aufgefallen – hey, ich bin ein Kerl –, aber Piper sitzt neben mir und sie hat mich schon auf alles hingewiesen.

Die meisten der Gäste sind zu den auf dem Rasen aufgestellten Stuhlreihen gewandert. König Aurelian und Königin Ariadne haben besondere Ehrenplätze eingenommen. Die Menschenweibchen haben Stühle in den ersten Reihen zusammengestellt und ihr Kichern und ihre fröhlichen Gespräche dringen bis zu unseren Plätzen zurück. Sie sind aufgeregt und freuen sich auf ihre eigenen Hochzeiten mit ihren Gefährten.

Nur wenige von ihnen – unter anderem Mira – wurden nicht ausgewählt. Ich weiß, dass Piper ein wenig besorgt darüber ist, aber ich habe mein Bestes getan, um sie zu beruhigen. Mira ist ein großartiges Mädchen und ich bin sicher, dass sich die Dinge gut entwickeln werden.

Xantharianer von allen Teilen des Planeten und Botschafter der Allianz füllen die Reihen – natürlich mit Ausnahme von Orgalia. Sie leckt sich ihre Wunden und ist wahrscheinlich schon auf halbem Weg nach Naxos. Brixus ist auch hier und sitzt allein in einer hinteren Sitzreihe. Wir haben ein paar Worte miteinander gesprochen, aber er wirkt distanziert. Verloren. Da ist ein wilder Blick in seinen Augen, der nie zu verschwinden scheint. Aber er ist wegen der Hochzeit unseres Bruders hier, also laufen die Dinge gut.

Eigentlich laufen die Dinge *großartig*.

Heute findet eine Hochzeit statt und eine weitere steht kurz bevor. Meine, genau genommen. Ich möchte es so bald wie möglich tun – ich kann es kaum erwarten, auch offiziell Pipers Gefährte zu werden.

Sie trägt ein verdammt sexy rotes Kleid, passend geschminkte Lippen und ihr Haar ist ein großer Knoten auf ihrem Kopf. Ihr Nacken wird dadurch entblößt und ein hellrosa Fleck von ihrer Operation ist darauf erkennbar. Kein Implantat mehr. Der Fleck wird vollständig verblassen und es wird so sein, als hätte sie den Tracker nie gehabt.

Ein Neubeginn für Piper. Ein Neubeginn für *uns*. Freiheit für uns beide.

Keine Orgalia mehr. Und auch kein Zanthor und seine Schlägertypen – ich habe dafür gesorgt, dass sie ihr Geld bekommen, und Piper wird sich nie wieder mit ihnen befassen müssen.

Piper grinst mich an. Ihre Nase zieht sich ein wenig zusammen und ich lege meinen Arm um sie, ziehe sie fest an mich.

„Ist das die Art von Hochzeit, die du dir wünschst?",
fragt sie.

„Wir können jede Art von Hochzeit haben, die *du* willst,
Rotschopf. Solange ich dich heiraten darf."

Sie lacht. „Wir sollten im Raumschiff heiraten."

„Das könnte für die vielen Gäste ein bisschen eng
werden, es sei denn, du willst, dass es nur du und ich sind",
erkläre ich ihr glucksend.

„Oh! Wir könnten durchbrennen! Oder … es könnte die
fabelhafteste Hochzeit aller Zeiten werden und wir könnten
die *doppelte* Anzahl von Gästen einladen. Oder …" Ihre
Augen weiten sich aufgeregt; sie denkt zweifellos über alle
möglichen Optionen nach.

„Das klingt gut, Rotschopf. Jede dieser Ideen." Ich werde
sie in einer Grube voller Vipern heiraten, wenn es sein muss.

Danax steht aufrecht und stolz vor dem Altar. Das werde
bald ich sein. Und als Kat herauskommt und in einem
unglaublichen Hochzeitskleid aus Leder zum Altar schreitet,
stelle ich mir vor, dass es Piper ist, die gerade dort vorne auf
mich zukommt.

Sie drückt meine Hand und lächelt, und es ist, als würden
sich verdammte Sonnenstrahlen tief in meiner Seele
vergraben.

ENDE

Vielen Dank, dass du *Dieb des blauen Drachen* gelesen hast.
Bitte denke darüber nach, eine Bewertung zu hinterlassen!

Willst du mehr sexy blaue Alien-Krieger? Klicke hier für
Herz des blauen Drachen, das nächste Buch in der Serie der
Drachen von Xanthara!

ENDE

Vielen Dank, dass du *Dieb des blauen Drachen* gelesen hast. Bitte denke darüber nach, eine Bewertung zu hinterlassen!

Willst du mehr sexy blaue Alien-Krieger? Klicke hier für *Herz des blauen Drachen,* das nächste Buch in der Serie der Drachen von Xanthara!

Misty Malloy lebt mit ihrem unfassbar niedlichen Wolfshund in Arizona. Wenn sie nicht gerade über sexy Drachenwandler schreibt, plant sie ihre nächste Abenteuerreise. Sie liebt die Happy Hour mit reichlich Cocktails und Käse, heiße historische Filme und lautes Mitsingen beim Autofahren.

Misty ist gerne mit ihren Lesern in Kontakt! Auf diesen tollen Seiten kannst du dich mit ihr in Verbindung setzen:

Website: https://mistymalloy.com